L'ÉNIGME DE RAVEJOULS

DU MEME AUTEUR

Aux Presses de la Cité

Romans

L'Escadron (prix Claude Farrère)
La Dernière Rafale
Le Sang des colons (Grand prix littéraire de Madagascar), *épuisé*
Les Chiens jaunes, *épuisé*
Adieu capitaine
Quand la Légion écrivait sa légende
Un sombre été à Chaluzac (Prix littéraire de la Gendarmerie)

Documents

La Grande Aventure du 1er REC
Spahis (prix Raymond Poincaré), *épuisé*
La Jeunesse et la Résistance. Réseau Orion
Bataillon Bigeard à Tu Lê
L'Opération Daguet (en collaboration avec Erwan Bergot)
La Légion en Indochine, album, *épuisé*
La Légion en Algérie, album, *épuisé*

À la Librairie Académique Perrin

Salan (biographie)

A l a i n   G a n d y

L'ÉNIGME DE RAVEJOULS

Roman

Production
Jeannine Balland

PRESSES DE LA CITÉ

ISBN 2-258-04563-0

« La seule injustice est celle de la création. »

Saint-Exupéry,
Citadelle, CXXI.

PROLOGUE

En ce matin, gris et frais pour la saison, de septembre 1949, la bouche pleine d'une soupe au pain qu'il refusait d'avaler, coincé entre les genoux serrés de sa mère Noémi, Gaston Martiel articula distinctement trois syllabes :

— Ti la, non.

De saisissement, la femme relâcha son étreinte et posa la cuillère sur la table grasse. C'était la première fois qu'elle entendait son deuxième fils tenter de communiquer. Il avait eu quatre ans à la fenaison de mai et n'avait jamais émis jusqu'à présent que des gémissements informes et des cris à peine modulés. Peu à peu, les membres de sa famille s'étaient faits à l'idée qu'il était complètement demeuré et qu'il ne parlerait jamais. Le vieux docteur Cathalès, qui avait accouché Noémi, avait annoncé aux Martiel qu'ils allaient connaître des jours difficiles, avec cet anormal à la maison; depuis, le mutisme et l'absence d'éveil du nouveau-né leur avaient fait comprendre l'exacte portée des prédictions du médecin.

Noémi, qui embrassait maintenant son Gaston à

pleins bras, ne se rendait même pas compte que l'enfant se débattait maladroitement pour se libérer. Elle balbutiait des remerciements à la Sainte Vierge et à tous les saints de sa connaissance. Il avait fallu que son malheureux enfant parle enfin pour qu'elle mesure le poids des quatre années passées à se désoler et à sangloter chaque nuit. Dans l'enthousiasme que faisaient naître les trois syllabes crachées par Gaston, elle se sentait prête à oublier tout son chagrin, et toutes les avanies que lui avait fait subir son mari Fernand, qui l'insultait quotidiennement en la traitant de pécheresse.

— Mauvaise femme, grommelait-il dans ses moustaches quand il daignait lui adresser la parole, c'est toi que le ciel a voulu punir en nous donnant ce drôle !

Toute à l'espoir de voir finir les jours sombres, Noémi se laissa aller à évoquer la naissance de cet enfant si disgracié.

Le vieux Cathalès, qui sévissait à Villefranche à l'époque de la Libération, s'épuisait à parcourir la campagne au volant d'une Juvaquatre poussive. Barbu, chevelu et assez mal embouché, il traitait ses pratiques avec un paternalisme bougon. Il n'aimait pas qu'on l'appelât en pleine nuit pour un accouchement. À plus forte raison quand il s'agissait de délivrer une parturiente qui n'avait pas jugé nécessaire de lui demander une visite pendant sa grossesse. Quand il était arrivé au pont du kilomètre 5 sur la route de l'Alzou, où l'attendait un paysan impatient équipé d'une lanterne, le docteur avait vivement exposé au futur père sa façon de penser.

— La Noémi a dit que ça se passait bien, avait répondu Fernand Martiel. Elle a juste voulu qu'un docteur soit là pour signer le papier de la naissance pour la mairie.

Cathalès avait été sur le point de planter là ce rustre et de rentrer retrouver son lit tiède à Villefranche. Mais il avait finalement négocié le bout de route qui longeait la rivière et menait à Ravejouls. Noémi, la femme de ce butor qui fleurait le vin aigre dans la Juvaquatre, était réellement en début de travail, rebondie et dolente après les premières contractions.

Dans l'unique chambre de la ferme, penché sur le large lit aux montants de bois noir qu'éclairait insuffisamment une lampe à pétrole fumante, le docteur commença les palpations d'usage. Comme il s'y attendait, il allait devoir patienter deux ou trois heures encore. Il entendait, par la porte ouverte, les va-et-vient du mari dans la cour. Le Fernand donnait du brodequin contre les cailloux, bottait à intervalles réguliers le derrière d'un chien qui glapissait, et crachait son impatience d'une voix monotone :

— *Macarel dé diou* de femmes, insultait-il à la cantonade. Pas capables de faire leurs affaires à des heures de chrétien !

Il ne parut même pas entendre le docteur Cathalès venu jusqu'au seuil pour réclamer de l'eau chaude. Le médecin allait descendre les trois marches de pierre jusqu'au malotru quand il se sentit arrêté par une main crochée à son pantalon.

— *L'aïgo es aqui*, souffla un petit garçon au regard brillant, dont les mèches blondes cachaient mal l'air souffreteux.

Il tendait le bras vers la cheminée, où quelques bûches charbonnaient sous un énorme pot de fonte.

De son lit au fond de la pièce, Noémi appela d'une voix animée, à peine essoufflée par les douleurs :

— Jules ! Cours jusqu'à Castelvieil et demande à Rose Falgoux de venir aider le docteur !

La femme leva les yeux vers le visage sévère de Cathalès et sourit avec confiance.

— C'est mon aîné, Jules, dit-elle. Il n'a que cinq ans mais il est déjà bien capable. Rose, notre voisine, pourra vous donner un coup de main si c'est nécessaire. Pas la peine de demander quelque chose à Fernand, il aime pas beaucoup qu'on soit malade, acheva-t-elle avec résignation.

— C'est quand même lui qui vous a fait ça, dit crûment le docteur en tapotant délicatement le ventre dont la peau blanche recommençait à frémir.

— C'est vrai, gémit Noémi. Celui-là, c'est bien lui !

Les contractions qui reprenaient empêchèrent le médecin de relever cette restriction et de demander l'explication de ce « celui-là ». Plus tard, il oublia.

L'arrivée d'une jeune femme brune, dodue et rieuse, qui devait être la Rose attendue et qui salua fort civilement le docteur, apporta un peu d'efficacité paisible. Elle débarbouilla le petit Jules et le renvoya dans la soupente où était coincé son grabat, avec ordre de dormir. Sans beaucoup de mal, elle dénicha une bouteille de vin rouge entamée, dont elle servit d'autorité un verre plein à Cathalès.

— Par une nuit pareille, affirma-t-elle gaiement, ça ne peut que redonner du nerf à un homme de votre âge.

Pendant que le vieux praticien sirotait son tanin, sans illusion sur les brûlures d'estomac qui l'attendaient, Rose s'installa au chevet de Noémi, essuya son visage en sueur et lui prit la main avec une douceur qu'on n'eût pas attendue d'une commère aussi active.

Fernand ne reparaissait pas à l'intérieur de son mas. Peut-être était-il parti achever sa nuit dans son fenil. Dans la cour, le chien avait cessé ses jappements.

Trois heures plus tard, la fréquence des plaintes de Noémi annonçait que l'attente se terminait enfin. L'étroite fenêtre qui jouxtait la porte commençait à grisonner. Cathalès se sentait d'humeur aigre. Comme prévu, son estomac regrettait d'avoir absorbé ce vin brutal et ses rhumatismes se réveillaient.

— Ma fille, dit-il avec une verdeur peu charitable, si vous ne faites pas d'effort pour pondre, je vais rentrer chez moi. Diable, ce n'est pas votre premier. Vous savez comment faire. Décidez-vous si vous voulez que je signe votre papier pour la déclaration à la mairie, acheva-t-il, rancunier.

Sans doute cette tirade ne donna-t-elle pas le signal du dernier travail, mais, quelques secondes plus tard, tout était consommé. Dans un double cri, de soulagement de la part de Noémi, d'alerte de la part de Rose, la première avait perdu les eaux et carrément expulsé un gnome rougeoyant et visqueux, qui échappa aux mains du médecin et se mit à hurler au simple contact du drap de toile rude, trempé et sanglant.

— Allons ! C'est un garçon, annonça Cathalès, avec la solennité qu'il adoptait à cet instant, important pour les familles.

Dans le même temps, ses vieilles mains qui avaient si souvent pétri un corps de nouveau-né et ses yeux prompts à en examiner tous les détails l'avertirent que les épreuves n'étaient terminées ni pour lui ni pour les Martiel. L'enfant n'était pas normal. Entier, certes, sans rien d'apparent qui manquât. Il fallait un sens prémonitoire pour découvrir dans la forme du crâne plus globuleux, dans la largeur camuse de la face, dans la quasi-absence de cou et dans l'opacité des yeux à demi exorbités, les symptômes évidents du mongolisme. Ce que confirmait l'absence de réflexes aux pincements des vieux doigts du médecin.

Le docteur resta silencieux. Il hésitait toujours, quand il rencontrait un cas semblable, sur la moins mauvaise façon d'annoncer aux parents de quoi serait fait leur avenir. Dix, quinze, au mieux vingt ans de vie difficile. Leur enfant connaîtrait peut-être l'impotence, l'aphasie, de graves troubles de raisonnement, de locomotion, de mémoire. Tout au long de sa brève existence, il resterait presque totalement désarmé devant les actes les plus simples.

Soulagée, détendue maintenant sur les draps bouleversés, Noémi quêta l'appréciation de l'accoucheur.

— Hé bé, dites, c'est à croire que vous m'avez fait peur avec votre menace de repartir ! Vous avez vu ? Il a pas traîné pour arriver, mon fils ! Est-ce que c'est un beau petit, au moins ?

Avant que Cathalès ait décidé de répondre, Rose Falgoux, à qui il avait tendu le bébé, parut se forcer à sourire.

— C'est un bon gros, dit-elle. Et drôle avec ça. On dirait un petit Chinois !

Elle aussi s'étonnait du visage plissé et étrange, de cette bouche trop large, de ces paupières bridées.

De la porte grande ouverte sur le jour naissant, la voix rocailleuse de Fernand Martiel éclata, toute pleine de la satisfaction virile du père enfin assuré de sa descendance.

— Milledieux, s'exclama-t-il, il nous a fait attendre, le bougre !

Du dehors, une bouffée d'air frais vint balayer l'odeur aigre de sueur, de sang, de corps moites et d'angoisse. Fernand marcha vivement jusqu'au pied du lit et pencha sa moustache sur la chose rougeâtre et atone que leur voisine tenait sur son avant-bras. Il tendit ses mains calleuses et arracha l'enfant, qu'il plaqua contre sa veste de coutil sale.

— Écoute bien, jeta-t-il à Rose, celui-là, c'est mon fils. Me fous pas mal qu'il ait l'air d'un Chinois ou d'un Nègre. T'occupe pas qu'il ressemble à ci et à ça.

Sous le sourcil broussailleux l'œil brillait de méchanceté, mais la voix gardait une note de triomphe. Cet éclat de possessivité paternelle, qui trahissait plus de sentiment qu'on en eût attendu de ce quinquagénaire à l'allure sauvage, parut au docteur Cathalès une ouverture favorable.

— Je crois, hasarda-t-il, que vous allez devoir mettre ce bébé en observation à l'hôpital de Villefranche.

Devant le regard incompréhensif des trois autres, il s'enhardit. L'impuissance qu'il avait ressentie, chaque fois qu'il avait rencontré un de ces nourrissons marqués par le sort, mettait de la rage dans sa voix.

— Votre fils ne sera jamais comme les autres enfants, assena-t-il ; jamais non plus un homme normal, s'il arrive à l'âge adulte. Il est mongolien, à mon avis.

L'agressivité de l'annonce avait atteint son but. Le regard du père s'était gelé, et ses bras s'étaient encore resserrés autour du petit corps enfoui dans ses linges.

— C'est quoi ça, mongolien ? souffla Fernand. Bon diou, c'est une maladie ? Grave ? Où donc mon gars a-t-il attrapé cette saloperie ?

Apparemment, ni les Martiel ni Rose Falgoux n'avaient déjà vu de leur vie un mongolien. Les deux femmes, en larmes, avaient compris qu'il s'agissait d'un anormal, et tentaient de suivre les explications pénibles du médecin. Mais la fureur de Fernand croissait alors que se déroulait la litanie des malheurs énoncés par le docteur Cathalès.

— Il ne saura jamais manger comme vous. Peut-être ne parlera-t-il pas, ni ne pourra se tenir debout. Il ne comprendra rien de ce que vous lui apprendrez, et n'aura aucune mémoire organisée. Si vous voulez faire quelque chose d'intelligent pour votre fils, vous le mettrez dans une institution spécialisée dans l'éducation de ces malformés.

— Pas question que mon gars aille passer sa vie dans un hospice, cracha Fernand. Même s'il reste un peu simplet, le pauvre, il sera mieux chez nous.

— Je trouverai le temps de m'occuper de lui, renchérit Noémi. Plus il sera faible, plus il aura besoin de moi !

Le vieux Cathalès haussa les épaules, découragé. Ils étaient tous les mêmes, ces parents qui croyaient dur comme fer qu'ils sauraient venir à bout de l'épreuve. Lui savait bien que ces bons sentiments résisteraient mal aux obligations et aux peines quotidiennes.

— Vous changerez peut-être d'avis plus tard, soupira-t-il. En attendant je vais vous signer votre certificat de naissance. Je reviendrai demain voir comment se portent ce garçon et sa mère.

— Faut pas vous croire obligé, docteur, souffla Noémi de son lit. J'aurai bien assez de lait pour le nourrir.

— Je viendrai quand même, assura le médecin en rassemblant ses accessoires de travail dans sa trousse.

Il tendit à la voisine une ordonnance hâtivement griffonnée. Elle était la seule à sembler prendre conscience de la situation. Alors que le vieux Cathalès se dirigeait vers la porte, visiblement pressé de respirer la fraîcheur du petit matin et de goûter la lumière du jour, ce fut elle qui le questionna :

— Dites, hésita-t-elle devant le flou de ses souvenirs d'écolière, les Mongoliens, c'étaient un peu comme des Chinois, non ? Comme cet Attila qui est venu ravager la France autrefois et qui tirait ses femmes par les cheveux ?

Le docteur se retint de sourire. Ce n'était pas le moment de se lancer dans des mises au point historiques. Il convint que, « mon dieu », Mongols, Tartares ou Chinois étaient un peu de même famille, et que la maladie dont était atteint le dernier rejeton des Martiel tirait justement son nom de la physionomie qu'il aurait quelques années plus tard. « S'il vit assez longtemps », se priva-t-il d'ajouter.

Le couple réuni au fond de la pièce ne paraissait pas prendre une juste mesure des épreuves annoncées. Au moment où le médecin escorté par la Rose allait passer le seuil, Fernand, jusque-là hargneux et mal embouché, parut se remémorer quelques habitudes de civilité. Peut-être ce relent de politesse venait-il de sa crainte, très paysanne, que Cathalès n'abordât le sujet du paiement de ses services.

— Monsieur le docteur, dit-il en tendant une main calleuse et moite, je vous remercie bien pour tout. Pour le dérangement, pour la délivrance et pour ce que vous nous avez raconté sur la maladie et sur ces Chinois.

Sa voix rocailleuse était devenue presque aimable quand il poursuivit, comme pour faire plaisir à l'accoucheur, qui n'en demandait pas tant :

— Ce gamin, voyez-vous, on pensait le prénommer Gaston, du nom de mon père. Mais finalement, Attila, ce sera bien aussi pour le petit.

C'est ainsi que Gaston Martiel, avant même que

sa naissance ne fût déclarée à l'état civil, hérita du surnom du chef des Huns, dont les mœurs misogynes rappelées par Rose avaient séduit le père Martiel.

Si le docteur Cathalès fut sensible au ridicule insultant de ce baptême, il n'en montra rien, qu'un haussement d'épaules résigné en descendant les trois marches de pierre usées qui menaient à la cour boueuse.

Derrière son dos, il entendit la voisine qui promettait à Noémi de revenir très vite et qui se hâtait pour arriver à sa hauteur. Il s'arrêta pour l'attendre. Décidément, il n'était plus d'âge à mener à plein temps cette vie de médecin de campagne. Cet inconfort, ces nuits blanches lui rompaient les os ; maintenant qu'il avait perdu l'enthousiasme de sa jeunesse et la philosophie de son âge mûr, il s'irritait inconsidérément de l'incompréhension indécrottable de sa clientèle. Il se caressa la barbe d'une main lasse en bougonnant. Ces gens-là accordaient plus de foi et de respect à un vétérinaire qu'à un docteur !

Quand Rose Falgoux l'eut rejoint, la porte de la ferme s'était refermée. Tirant sur sa chaîne rouillée, un corniaud noir aux poils souillés s'époumonait en aboiements aigus pour protester contre la présence de ces intrus sur son territoire.

— Docteur, souffla la femme contre l'épaule de Cathalès, si vous pouvez me ramener chez moi, à cinq cents mètres d'ici, je voudrais vous raconter un peu pourquoi les Martiel vivent comme des ours. Ce n'est pas que j'aime cancaner sur mes voisins, s'excusa-t-elle, mais il vaut mieux que vous sachiez, puisque vous avez dit que vous vouliez revenir à Ravejouls.

La poussive Juvaquatre se déhanchait dans les ornières d'une piste de terre, qui courait sur la berge de la rivière.

— Nous serons à Castelvieil dans cinq minutes, avait promis la Rose. Vous me laisserez devant la porte et vous trouverez un pont cent mètres plus loin pour rattraper la route goudronnée.

Depuis cette précision elle était devenue muette. Tout aux difficultés de la conduite, Cathalès ne s'en formalisait pas. Qu'elle cherche seule la meilleure façon de dire ce qu'elle croyait nécessaire de lui apprendre ! Il trouvait le temps, par la vitre baissée, de humer l'air frais, plein d'odeurs de bois humide et d'herbes de printemps. À droite de la piste, l'Alzou palpitait en petits remous qui étincelaient entre quelques roches moussues et venaient mourir, en mares d'écume, sur la rive d'en face, bordée de bouquets de trembles, de bouleaux et de chênes rabougris.

— C'est l'île de La Basse, indiqua la passagère, comme pour retarder ses confidences. Au-delà de l'autre bras, il y a la voie ferrée et la route de Villefranche. C'est une bénédiction que cette île, pour nous et ceux de Ravejouls, ajouta-t-elle. Elle nous protège un peu du bruit et des vues du train et des automobiles.

Juste à point pour confirmer ses dires, un grondement venu du Farrou grandit à leur poursuite, les rattrapa puis les dépassa dans un tonnerre, couvrant les ronflements de la Juvaquatre.

— C'est le train de cinq heures quarante-cinq, sourit Rose. Paris-Toulouse par Capdenac. Réglé comme du papier à musique.

— De quoi réveiller toute la vallée, estima Cathalès, que ce vacarme avait fait encore ralentir, par réflexe.

À leur gauche, le mur de verdure épaisse, buissons jamais élagués et taillis anarchiques, ininterrompu depuis Ravejouls, venait de s'ouvrir sur un large terre-plein. Trois bâtisses de pierre sans étage l'encadraient en se fondant dans des arrière-plans de hautes herbes mêlées de fleurs. Surmontant à peine le toit de lauze grise de la construction qui faisait face à l'entrée de la cour, une cheminée trapue laissait échapper un filet de fumée blanche.

Le vieux docteur, qui n'avait pas l'âme d'un poète, trouva que le tableau avait tout d'une carte postale d'idylle campagnarde. À son côté, Rose paraissait avoir retrouvé sa bonne humeur.

— Voilà Castelvieil, dit-elle avec satisfaction. Descendez donc pour venir manger un morceau. Je vois qu'Anton est levé. Il aura déjà fait chauffer la soupe. Vous ferez connaissance avec la famille.

— Vous êtes nombreux ? s'enquit le médecin.

— Tout juste mon mari Anton et moi, et nos deux enfants. Alexandre, qui vient d'avoir cinq ans, et Marie-Jeanne qui en a juste deux et demi.

Avec un grand rire, elle ajouta :

— Tout ce beau monde s'appelle Zghidzensky, comme mon mari, qui est né à Decazeville où son père était mineur. Quand il est venu ici se louer pour les travaux de ferme, après l'accident qui l'a rendu boiteux et l'a fait réformer, personne n'a pu prononcer son nom. Après nos épousailles, on a continué dans le pays à nous appeler les Falgoux, de mon nom de fille.

Cathalès n'avait pas envie de s'attarder davantage. Sa veille dans l'atmosphère austère de Ravejouls l'avait déprimé et fatigué.

— Merci pour l'invitation, dit-il. Je suis pressé de rentrer chez moi. Je reviendrai vous voir quand je retournerai chez les Martiel. Dans deux ou trois jours.

Pendant que sa passagère, sans insister davantage, descendait et faisait le tour de la voiture, jusqu'à sa portière, il se dit qu'elle ne lui avait finalement fait aucune confidence sur ses voisins « qui vivaient comme des ours ». Au moment où elle se penchait, pour le remercier sans doute de l'avoir ramenée chez elle, il bougonna :

— Vous pouvez peut-être me dire ce qui ne va pas chez les Martiel ?

La Rose perdit son sourire, mais ne se déroba plus :

— Le vieux Fernand, dit-elle, il a quand même des excuses. D'abord, il a vingt-cinq ans de plus que sa femme. Et ensuite, il se l'est mariée, en 40, quand elle était déjà grosse d'un autre homme. Le petit Jules, qu'est venu me chercher, c'est pas son fils à lui, même s'il lui a donné son nom. Ça explique un peu pourquoi il attendait tant de la naissance de cette nuit.

I

1

La jeune fille qui grelottait dans les algues, à trois mètres de la berge dans à peine un mètre de fond, n'était pas habituée à l'eau froide. Mais en se promenant, en ce début d'après-midi d'avril au bord de l'Alzou, sur le bras nord qui encerclait l'île de La Basse, elle avait été tentée par le miroitement de l'eau. Le bouillonnement mousseux de la rivière, qui annonçait la réunion des deux bras en un seul lit, cinquante mètres en aval, après le cap de l'extrémité de l'île, assurait la tranquillité de l'endroit. Trop dangereux pour la baignade, jugeaient les randonneurs, croyant à des remous alors que cette agitation ne marquait qu'une remontée des fonds garnis de rochers, dont quelques-uns affleuraient. Les stridulations des insectes en moins, la torpeur qui régnait sous les arbres pouvait simuler une ambiance estivale.

Depuis la veille, Marie-Jeanne Falgoux, la fille d'Anton et de Rose, vivait sur un petit nuage. Ce 20 avril 1960 avait été pour elle une seconde naissance. Du plus profond de sa mémoire, elle se rappelait avoir toujours voué une adoration sans faille à Jules Martiel, le fils aîné de leurs voisins.

Les deux familles ne s'entendaient pas bien. Anton et Fernand ne concevaient pas la vie et le travail de paysan avec le même œil. Le père Martiel était incapable de s'écarter d'une vieille tradition d'élevage et de cultures, fourrage ou blé noir, alors que le mari de Rose s'était lancé avec succès et profit dans le maraîchage. Pourtant, malgré la mauvaise humeur de sa mère, étrangement rétive quand on venait à citer le nom de Ravejouls, Marie-Jeanne était restée fidèle à son amour d'enfance. Elle souriait bravement quand son frère Alexandre la taquinait.

— Ma pauvre Maja, ricanait-il, n'attends rien de Jules. Il voit d'autres filles à Villefranche, tu sais, et qui n'ont pas été élevées chez les sœurs. Elles savent comment on retient les garçons ! Ton Roméo n'est pas près de se déclarer !

Et voilà qu'enfin, vingt-quatre heures plus tôt, après l'avoir surprise seule au fond du potager, Jules Martiel l'avait entraînée jusqu'à ce bras de La Basse, et lui avait ouvert son cœur.

Longtemps, assis auprès d'elle dans l'herbe haute de la berge, il avait échafaudé des projets de vie commune qui l'avaient fait rêver.

— J'ai vingt ans, avait-il dit. Et je vais partir soldat dans quelques semaines. En Algérie, bien sûr. Je ne veux pas m'en aller loin de toi sans être certain que tu voudras m'attendre. Dès que je le pourrai, nous nous marierons, et je t'emmènerai. Si l'armée veut bien me garder, je ferai carrière sous l'uniforme.

Je suis sûr que tu préféreras vivre dans une ville de garnison que dans cette vallée de sauvages.

Marie-Jeanne avait dit oui à toutes ces propositions. Elle était en plein roman, imaginant deux ou trois enfants blonds comme leur père, qui jouerait avec eux dans une belle tenue couverte de galons. Car il serait gradé, évidemment. N'était-il pas l'homme le plus beau, le plus doux, le plus intelligent qu'elle connût ?

Saisis par une complicité tendre, ils n'avaient pas vu passer les heures. Peut-être la jeune fille eût-elle cédé à la tiédeur qui envahissait sa poitrine, sous le poids du bras de Jules posé sur ses épaules. Et elle avait pensé que son galant était un peu timide, quand il l'avait embrassée fiévreusement dans le cou et qu'il l'avait lâchée, parce qu'elle s'était un peu débattue, par réflexe.

— Nous avons bien le temps, puisque c'est sérieux !

Ils s'étaient séparés là, emportant leur secret. Le souvenir de l'enthousiasme de Jules, qui galopait vers Ravejouls sur le sentier de la berge, avait nourri l'exaltation de Marie-Jeanne, et l'avait fort tard empêchée de dormir, toute à l'attente du rendez-vous de cet après-midi.

— Tu as mauvaise mine, avait constaté Rose, ce matin.

Dans l'habituel charabia de fils de mineur polonais dont il refusait de se guérir, Anton avait grogné :

— Quand la fille nerveuse comme ça et pas dormir, c'est lui manque un garçon !

Elle avait rougi sous l'œil inquisiteur de son père,

qui la fixait par-dessus le bord de l'écuelle, en lapant son chabrot matinal.

Elle ne se souvenait même pas d'avoir donné du grain à la volaille comme tous les jours ; ni d'avoir aidé sa mère à la traite de leurs vaches, houspillée par Alexandre, chargé de porter les deux bidons quotidiens jusqu'à la route goudronnée où il craignait toujours de rater le passage de la citerne de la coopérative laitière.

— Crois-tu, avait demandé Jules la veille, que tu as passé sept ans chez les sœurs, pensionnaire à Rodez, pour apprendre à traire, et moi tout autant dans mon collège pour rester valet de ferme ?

Maintenant, enfin, après avoir déjeuné d'un quignon de pain et d'un travers de saucisson, Marie-Jeanne s'était enfuie pour rêver à son rendez-vous. Avec plus d'une heure d'avance, elle était revenue devant l'île de La Basse. La lumière jouait les peintres sur la verdure des buissons et sur l'eau de l'Alzou. Le balancement des algues et le chant léger de la rivière, sur les cailloux du bout de l'île, lui avaient suggéré ce bain impromptu.

Sa robe de toile arrachée par-dessus la tête et jetée sur l'herbe avec le reste de son linge, elle était entrée dans le lit frémissant, avec la nonchalance d'une sirène.

Une minute après, elle grelottait.

Battant des deux bras l'eau qui lui effleurait les seins, elle essaya pendant quelques secondes de se réchauffer. L'eau ne devait pas être à plus de quatorze degrés. Subitement, elle renonça et fit demi-tour vers la berge, en levant haut les genoux, à grandes éclaboussures qui étincelaient dans la lumière. Sur son dos nu qui émergeait peu à peu brillaient des milliers de gouttes.

À vingt mètres de là, sur l'île, une forme humaine était cachée sous un buisson, incrustée dans la terre boueuse comme un animal en chasse. Un jeune garçon dévorait des yeux le spectacle de la fille nue.

— Ma-ja ! Ma-ja ! répétait-il à voix très basse, en bavant un peu, à chaque soupir qu'il marquait entre les syllabes.

C'était Gaston Martiel, le demi-frère mongolien de Jules. Celui que l'habitude avait affublé du surnom d'Attila de Ravejouls.

Le bain interrompu n'avait pas éteint la belle humeur de Marie-Jeanne. Par bonheur, elle n'avait pas remarqué la présence du voyeur dissimulé sous son buisson, de l'autre côté de la rivière. Revenue sur sa berge, elle enfila en frissonnant sa robe et ses sandales. Déhanchée, ses dessous à la main, elle hésita un instant entre deux flaques de soleil, puis s'assit, les bras autour des genoux. Les cheveux frisés encadrant son visage fin, au teint clair, ajoutaient à son air de madone. Ce n'était pourtant qu'un rôle de composition, instinctivement travaillé au cours des sept années passées par Marie-Jeanne comme pensionnaire chez les sœurs de la Visitation à Rodez. Elle y avait appris une correction de manières et de langage qui avait transformé la jeune paysanne en « demoiselle ». Elle n'en tirait pas vanité, et s'accommodait avec simplicité des travaux quotidiens.

Quand elle la voyait penchée sur le flanc de Katarina, sa vache préférée qu'elle trayait toujours la première, Rose s'inquiétait de l'avenir de sa fille, et regrettait souvent l'ambition d'Anton, qui avait voulu que son trésor eût de l'instruction.

Pourtant, avec son teint de rose, son regard clair et innocent, la jeune fille n'avait rien perdu de sa solidité campagnarde ni de sa vivacité. La vie de pensionnat, où les conversations d'études et de dortoirs apportent souvent des compléments d'informations aux rêveries sentimentales propres à l'âge nubile, en avait fait une candidate résolue et pressée à l'amour.

Aussi avait-elle inconsciemment regretté la retenue de Jules, après sa déclaration de la veille. Cette fois-ci, sa sagesse acquise étouffée par sa vieille passion pour le garçon, elle se sentait prête à exiger de son soupirant plus que des mots doux et de vagues et énervantes caresses. L'éducation des sœurs n'avait pas effacé chez elle la familiarité des enfants de la campagne avec les choses du sexe, animal ou humain. Jules voulait se marier quand il reviendrait d'Algérie ? Elle se refusait à attendre le retour de son guerrier dans l'état d'une vierge au foyer.

Un instant, seule entre les hautes herbes, elle rougit comme la digne pensionnaire de sœur Jeanne qu'elle n'était plus, et pouffa à l'idée que, dix minutes auparavant, son Roméo eût pu la surprendre toute nue dans la rivière. Elle admit qu'elle avait été imprudente. Elle devrait utiliser avec Jules une tactique moins directe. Dans sa cache d'herbes, elle acheva de se rhabiller, et lissa sa robe de toile, maintenant sèche.

Le ronronnement hoquetant d'un moteur, qui pétaradait en amont sur la piste du bord de l'eau, apaisa son impatience. C'était le vélo-moteur de Jules, dont elle reconnaissait le bruit. Marie-Jeanne jaillit de son nid de verdure et courut au-devant de lui.

Dès qu'il la vit, le jeune homme sauta en voltige de son engin, qu'il balança sans précaution dans un buisson. Il galopa à son tour pour retrouver la fille pratiquement là où ils s'étaient assis la veille, sur le talus où elle avait tout à l'heure jeté sa robe avant son bain.

Étroitement enlacés, ils titubèrent un moment, emportés par une passion sans commune mesure avec l'émotion tendre qui les avait agités vingt-quatre heures plus tôt. Depuis des mois, sinon des années, leurs sentiments s'étaient nourris de quelques regards ou de quelques phrases de rencontre. Mais un seul jour de séparation, maintenant que la déclaration de Jules avait porté l'étincelle, avait déclenché un incendie dans leur tête et dans leur corps. Ils n'étaient plus qu'un même regard, une même peau frémissante, une même bouche avide où les dents se heurtaient, un même souffle. Leurs doigts se tressaient comme des couronnes de fête. Tout à leurs soupirs, ils ne parlaient même pas, éblouis par la puissance de leur besoin de communier, davantage encore.

Résolument, fermement, sans relâcher son étreinte, Marie-Jeanne se laissa glisser dans l'herbe, entraînant le garçon avec elle, sur elle. Avec une exaltation de ménade, le cou tordu et le menton levé pour ne rien perdre de la sauvagerie de leurs lèvres jointes, elle s'acharnait à arracher sa robe et les vêtements de Jules qui empêchaient encore le contact de leurs peaux nues. Emportée par une houle, elle gémit quand elle sentit contre ses seins durcis le poids de la poitrine incroyablement douce, où battait un cœur aussi enfiévré que le sien.

Ce gémissement, que Jules prit pour un sanglot, le ramena, un instant, à la surface du lac de délices où il était plongé. Bras tendus, il tenta de s'arracher à l'embrassement.

— Il ne faut pas, souffla-t-il. Pardonne-moi...

Tête levée pour reprendre sa bouche, Marie-Jeanne le ramena lentement vers elle, de ses mains crochées sous les aisselles, de ses cuisses nerveuses collées à ses hanches et de ses jambes nouées sur ses reins. Après quoi, ils se noyèrent ensemble, dans la moiteur de l'herbe froissée.

Quand Jules rouvrit les yeux, après l'éblouissement qui l'avait terrassé, il distingua au-dessus de lui, auréolé de cheveux en désordre, le visage enflammé de Marie-Jeanne. Elle souriait. En le voyant reprendre conscience, elle vint becqueter ses lèvres.

— Pourquoi souris-tu ? demanda-t-il avec une fatuité toute garçonnière.

Elle rit tout à fait, heureuse de le taquiner.

— Je pensais à sœur Jeanne, dit-elle, et à ce qu'elle dirait de ma conduite.

— Elle dirait que tu es une gourgandine, répondit-il en l'attirant pour l'embrasser.

Ils étaient allongés au flanc l'un de l'autre, et leurs mains, à nouveau enfiévrées, inventaient des caresses pour se découvrir peu à peu. Elle avait fermé les yeux, comme si la clarté du ciel la blessait. Tout à coup, retenant la main de Jules, elle affirma, voulant aussi prendre possession de ses pensées :

— Je sais pourquoi tu ne voulais pas aller jusqu'au bout, tout à l'heure. Tu ne voulais pas qu'il m'arrive ce qui est arrivé à ta mère, quand son amoureux est parti à la guerre comme tu vas le faire.

— C'est vrai, répondit-il d'une voix sourde, je ne le veux pas.

Elle bougea encore, et vint appuyer sa tête sur une épaule maigre et osseuse, dont le contact lui fit faire la moue.

— Quand nous serons mariés, je te ferai des petits plats pour remplumer un peu tout ça. Car tu veux toujours m'épouser ? reprit-elle, inquiète du silence de son compagnon. Bien que je sois une gourgandine ?

Cette fois, la provocation était flagrante, et reçut sa punition sur-le-champ. Dominateur, la tenant aux poignets, Jules bascula sur elle, et lui montra lentement, longuement, amoureusement, qu'il était le maître. Elle ne cessa de le fixer à bout portant, d'un regard qui devenait de plus en plus trouble ; puis elle cria, et s'amollit brusquement dans ses bras.

Beaucoup plus tard, assis sur leur lit de feuilles, à peu près rhabillés, les mains encore jointes et le souffle apaisé, ils regardaient en silence l'eau miroitante de la rivière sur laquelle des nèpes aux longues pattes faisaient naître des feux d'artifice d'ondes concentriques. Ils avaient du mal à se quitter. L'ombre n'avait pas gagné le fond de la vallée, mais il devait être tard.

Jules fouilla dans une poche de sa chemise, et en tira un petit paquet, ficelé d'un ruban doré comme un cadeau de Noël.

— Pardonne-moi, dit-il, de ne pas pouvoir encore t'offrir quelque chose de mieux pour nos fiançailles. Même pour ça, j'ai dû aller taper mon père à Villefranche. Il voudrait beaucoup te connaître, et il a été généreux.

Excitée, les joues roses, son air de madone retrouvé, Marie-Jeanne arrachait impatiemment ficelle et papier. À la vue de l'écrin couvert de moire sombre, elle soupira, et leva, le temps d'un éclair, son regard bleu vers le visage de Jules. Il la fixait avec un air inquiet, comme s'il était persuadé que son présent n'était pas digne d'elle. Avec révérence, elle ouvrit la petite boîte, prête à s'extasier sur ce qu'elle y trouverait. Elle n'eut pas besoin de forcer son admiration. Brillant doucement dans la lumière, discrète, une bague d'or soutenait une couronne de petites perles entourant une pierre aux reflets de glace.

— C'est un saphir, souffla Jules timidement. J'ai trouvé qu'il avait la couleur de tes yeux.

Marie-Jeanne parla enfin, avec une voix enrouée de surprise et d'émotion :

— Tu ne pourras jamais trouver mieux. C'est le seul bijou que je porterai de toute ma vie.

Le poing serré sur l'écrin, elle était rivée au cou de son amoureux, et son cœur battait comme celui des héroïnes des romans sirupeux qu'elle lisait en cachette chez les sœurs.

Un instant, ils furent sur le point de céder une nouvelle fois au feu qui les brûlait. Puis, à contrecœur, ils relâchèrent leur étreinte.

— Demain matin, dit Jules, je viendrai de bonne heure à Castelvieil pour te demander officiellement à Anton et à Rose. J'espère qu'ils voudront de moi...

Elle rit, persuadée qu'elle était de la réponse de ses parents.

— Ne t'en fais donc pas, assura-t-elle. Je vais les prévenir de ta visite en rentrant. Va vite, et annonce au moins la nouvelle à ta mère. Je reste ici quelques minutes, pour me passer un peu d'eau sur la figure. Je dois avoir l'air d'une folle.

Avant de relancer son moteur, assis sur la selle de sa pétrolette, Jules se retourna pour regarder le tableau charmant qu'encadraient l'eau murmurante et les feuillages argentés des bouleaux. Marie-Jeanne leva la main pour lui interdire de revenir vers elle.

— Je vais rêver de toi, cria-t-elle quand il démarra sur le sentier, vite avalé par la courbe de l'Alzou.

Elle allait avoir dix-huit ans, elle était amoureuse et se savait aimée, elle venait de devenir femme, avec un enthousiasme qui la laissait divinement lasse. Souriant à sa main tendue sur laquelle brillait la bague de Jules, elle se mit debout d'un coup de reins, heureuse, et fit un pas vers la rivière.

Elle sursauta quand une main se posa brutalement sur sa hanche. Avant même qu'elle ait eu le temps de se retourner, une autre main la saisit à la nuque, sans ménagement, la courbant vers l'avant et étouffant dans sa gorge le cri qu'elle allait pousser, et qui se transforma en gémissement rauque. Déséquilibrée, elle trébucha sur la boue de la rive. Elle n'était encore que furieuse, mais l'affolement la gagna vite. Ce n'était pourtant pour elle que le début de l'enfer.

2

En poste depuis le tout début de l'après-midi, Gaston Martiel, dit Attila, avait longuement tergiversé avant de se décider à quitter sa cachette. Il avait assisté au rhabillage de celle qui était au cours des années devenue son idole. C'était la première fois qu'il la surprenait toute nue, et cette apparition l'avait quasiment jeté dans un état de transes.

À quinze ans révolus, le mongolien était devenu un adolescent courtaud, au front bas et aux lèvres toujours entrouvertes sur une denture inégale et une langue baveuse. Entre ses paupières bridées, ses yeux globuleux inquiétaient par une fixité à peine traversée de quelques étincelles de compréhension. Physiquement, hormis d'incorrigibles mouvements incontrôlés qui donnaient à sa marche des allures d'automate, il était musclé et résistant. Très vite, surveillé de loin par son père, que l'étrangeté de son rejeton tenait à distance, il avait su échapper au harcèlement tendre de Noémi, en pleurs chaque fois que son Tila se conduisait en primitif, attrapant la nourriture à pleines mains, inondant ses vêtements quand il voulait boire, incapable de s'habiller seul et souillant son linge sans préavis.

— Milledieux, avait maintes fois sacré Fernand, même un chiot on arrive à le dresser !

Le père s'était facilement rendu compte que son héritier ne serait jamais capable de lui succéder. Gaston se plaisait visiblement dans la compagnie des animaux, mais pour jouer avec eux comme avec des objets. Assis dans la cour de la ferme, il tentait de plumer les poules en les tenant tendrement sur ses genoux, en leur murmurant d'incompréhensibles gargouillis. Il se jetait avec impavidité dans les jambes des bœufs attelés à la charrette des foins, et il piquait des rages à se rouler dans la boue quand les chèvres refusaient de se laisser approcher.

Depuis qu'il avait passé ses dix ans, et sa première fugue, ses parents avaient peu à peu accepté ses absences, et ne s'en inquiétaient plus, puisqu'il revenait chaque soir à Ravejouls. La liberté d'explorer les abords de leur ferme et de Castelvieil lui avait donné assez d'exercice pour se fortifier. Peut-être trottait-il avec inélégance, jambes désarticulées comme celles d'un handicapé moteur. Il ne se déplaçait pas moins avec la souplesse d'un chat à trois pattes oublieux de sa mutilation. Il connaissait chaque recoin de sa jungle, qui couvrait le domaine des Martiel et celui des Falgoux. Il en savait toutes les traîtrises et tous les gîtes accueillants. Il avait écumé aussi bien les nids de couleuvres que le terrain de jeux d'une famille de renardeaux roux, dans l'île de La Basse. Les berges de l'Alzou étaient devenues son terrain de parcours et de rêveries préférentiel.

Ses longues journées de coureur des bois se passaient en interminables conversations avec les bouquets de trembles, dont le frémissement brillait sur l'eau, avec les processions de fourmis exploitant les souches mortes ou avec les papillons qu'attirait le potager de Castelvieil. Il délaissait quelquefois sa rivière pour faire visite à son grand ami Paderewsky.

Ainsi baptisé parce que sa méchanceté naturelle semblait céder au charme des mélodies que lui fredonnait Alexandre, chargé de lui porter sa pitance, Paderewsky était un verrat de trois cent quarante livres, qui trônait au milieu de la cour des Falgoux dans une soue aux murs renforcés de traverses de chemin de fer. Ce sauvage manifestait une hargne particulière à l'égard des portées de gorets qu'il faisait à ses laies, et qu'il fallait éloigner de son territoire. Il était aussi furieux à l'égard d'Anton, de Rose ou de Marie-Jeanne, et ne supportait Alexandre que s'il arrivait une chanson aux lèvres. Étrangement, le bredouillis d'Attila, la première fois que celui-ci s'approcha de son domaine, lui parut mélodieux. Ainsi naquit entre eux une longue et solide amitié, qui ne fut contrariée que par l'excès de confiance du garçon. Un jour qu'il avait réussi à ouvrir la porte de la soue, Alexandre le découvrit à plat ventre dans le lisier, embrassant à pleines lèvres le groin de Paderewsky.

— Pas à dire, avait grogné Anton, ce gosse vraiment bizarre !

— Je ne veux plus le voir ici, avait explosé Rose, qui avait dû débarbouiller le visiteur avant de le ramener l'écume à la bouche jusqu'à Ravejouls.

De ce jour-là, Gaston Martiel, dont le seul effort intellectuel consistait à classer les choses et les gens en deux catégories, les bons et les mauvais, se méfiait des gens de Castelvieil. Il n'y gardait que deux amis, son verrat et Marie-Jeanne.

Jamais la jeune fille n'avait manifesté à son égard la moindre répulsion. Quand il lui arrivait de se glisser dans le verger des voisins pour y chaparder une prune, ou d'aller faire flotter des brins d'herbe au bord de la rivière, il débordait de satisfaction baveuse quand elle s'approchait de lui. Elle osait une main douce sur sa tignasse et lui chantonnait un refrain à la mode, qu'il exigeait, en despote, qu'elle lui répétât encore et encore. Quelquefois, quand il était seul avec ses renardeaux, ou qu'il arrivait à se glisser en cachette jusqu'à la soue de Paderewsky, il leur interprétait à sa manière *Ma Cabane au Canada* ou *L'Hymne à l'amour*, qu'il tenait d'elle.

Pourtant, depuis quelques mois, la présence de son amie ne lui apportait plus le même bonheur béat. S'y mêlait à présent, sans qu'il en eût conscience, une angoisse qui séchait sa salive dans sa bouche et accélérait les battements de son cœur. Ses mains tremblaient comme si elles avaient des désirs propres. Toucher la peau de Maja ! Il avait faim d'elle comme d'un fruit ! Et les muscles de son ventre se crispaient quand il l'apercevait. Ce mélange d'attente joyeuse et de douleur le retenait d'aborder la jeune fille avec la confiance d'autrefois.

Et voilà qu'aujourd'hui, dans la clarté chatoyante de l'Alzou, sans qu'il comprît pourquoi, Maja avait arraché sa robe et s'était lancée toute nue dans le courant. Quand elle lui avait tourné le dos, il avait senti se réveiller en lui cette faim dévorante, qui le faisait gémir et pleurer.

De sa cache dans l'île, à vingt mètres d'eux, Gaston avait eu tout le temps d'observer les jeux étranges auxquels se livraient Maja et son frère Jules. Même pour sa compréhension d'arriéré mental, les gestes qu'il leur voyait faire, les soupirs qu'il percevait avaient une signification qui n'échappait pas à ses sens de petit paysan. Il s'étonnait seulement, à scruter intensément les visages des deux partenaires, d'y deviner une exultation inconnue de lui. Incapable de concevoir ce qu'était le plaisir charnel, comme incapable de jalousie, il se sentit incapable aussi de résister à son envie. Pourquoi ne demanderait-il pas à Maja de communier avec lui de la même façon qu'elle le faisait avec Jules ?

Après tout, son frère Jules ne refusait jamais de partager avec lui de bonnes choses, une part de fougasse, une partie de pêche à la main dans les remous du gué, une promenade sur le porte-bagages de son vélomoteur, qui faisait crier leur mère d'inquiétude ; même, parfois, pour rire, de tirer d'une cigarette juste allumée une bouffée qui jetait Tila dans une quinte, le feu aux joues. Pourquoi ferait-il exception pour ce plaisir qu'il prenait avec Maja ?

Pourtant, le temps qu'il mit à gagner le bout de l'île, à passer le gué et à revenir à travers les buissons jusqu'à l'endroit où ses deux amis les plus chers venaient de lui donner le spectacle de leur bonheur amoureux avait suffi à les séparer. Quand Gaston sortit la tête de l'écran de feuillage, Marie-Jeanne était seule, debout au bord de la rivière. Elle admirait sa main levée, en souriant. En amont, vers Ravejouls, Tila entendit à peine pétarader le moteur de la pétrolette de son frère.

Quand Maja s'approcha encore de l'eau, Attila sortit sur la piste. Il était juste derrière elle. Il avança une main tremblante, d'envie autant que d'incertitude, et la posa lourdement sur la hanche de sa proie. Une hanche tiède dont la mobilité le rendit fou d'excitation.

Il se réveilla, beaucoup plus tard, d'une crise qui lui laissait les bras et les jambes pleins de crampes. Il était mussé contre le tronc d'un peuplier, le nez contre la terre, une amertume inconnue au fond de la gorge. Il réussit à se mettre à genoux dans son massif de branches. Il ouvrit les paupières, avec autant de peine que s'il avait dû soulever seul une brouette de bûches. Il faisait tout à fait nuit. Il demeura ainsi, un long moment, balançant son crâne pesant, sans autre pensée consciente que la nécessité de respirer. Plus tard, il s'aperçut que la peau de son visage le brûlait. Et la main qu'il porta à ses joues ne fit qu'aviver la douleur. Alors la mémoire lui revint. Plutôt des étincelles de mémoire, sans lien ni ordre chronologique.

Il s'assit et tenta sans y parvenir de comprendre ce qui était arrivé. Maja toute nue dans l'eau et aussi dans les bras de Jules, puis Maja qui ne voulait pas des bras de Tila, et qui se débattait et le repoussait. Il avait l'habitude d'être repoussé. Il connaissait d'instinct les réflexes des autres, peur ou dégoût. Il comprenait à l'intonation les méchancetés crachées avec impatience. Il savait le sens des grands moulinets de bras, qu'il copiait lui-même pour chasser le corniaud de Ravejouls, quand il voulait le suivre jusqu'à La Basse par le gué. Mais jamais il n'avait cru possible que Maja fît les mêmes gestes et lui jetât les mêmes mots !

Pourquoi ne l'avait-elle pas écouté ? Il avait pourtant tout fait pour la rassurer.

— Tila aime Maja, avait-il essayé de dire. Tila veut Maja, comme Jules !

Pourquoi avait-elle été furieuse, au point de griffer ses joues à pleins ongles, et de le bousculer en hurlant :

— Va-t'en, tu me dégoûtes ! Je ne veux pas que tu me touches !

Ce souvenir de cauchemar flambant dans son crâne était tout près de faire renaître sa crise. Il haletait et secouait la tête, bavant et gémissant. Et puis, il crut entendre encore une fois la voix de Maja. Pas sa voix de colère, mais un cri de terreur totale :

— Non !

Un non prolongé, hurlé, qui sortit Attila de sa prostration. Ce n'est qu'en se redressant qu'il sut, à l'écoute du silence de la nuit, que le cri n'était lui aussi qu'un souvenir. Il se rappela comment, alors qu'il faisait jour encore et que Marie-Jeanne venait de le chasser, il s'était retourné sous le couvert en entendant ce cri. Il se rappela aussi la grande silhouette qu'il avait vue se jeter sur la fille comme lui-même l'avait fait, et de sa propre peur quand il avait senti que cet assaillant-là irait jusqu'au bout de sa sauvagerie. Maintenant encore, il croyait distinguer les gémissements de Maja, et le bruit des éclaboussures soulevées par le combat.

Alors, il galopa lourdement à travers la friche qui séparait les deux domaines de Castelvieil et de Ravejouls, insensible aux brûlures des larmes sur son visage déchiré.

Il courut longtemps, en s'arrêtant souvent pour écouter ce qu'il prenait pour des bruits faits par des poursuivants.

Malgré sa connaissance viscérale des sentes, des bosquets et des barrières défoncées, il ne reconnaissait rien de ce décor sombre et hostile, chutant dans des lacis de ronces, donnant sur des barbelés sans attaches qui déchiraient un peu plus son vieux pantalon taillé dans une défroque de son père. Ce fut presque par hasard qu'il arriva à l'orée de la cour de Ravejouls, entre l'étable des bœufs et le fenil. Sans daigner se lever de sa niche, là-bas au pied du perron de la ferme, le corniaud efflanqué et presque borgne, qui persistait à se croire le maître des lieux, leva la gueule vers la lune et gronda sourdement, avant de se gratter la gorge de quelques abois mal formés, comme un vieillard réveillé tousse et crachotte en grasseyant, dressé sur ses oreillers.

— *Taiso té, macarel dé cano !*

Du haut de ses trois marches, la porte ouverte à

la volée sur la maigre lumière de l'ampoule économique qu'il tolérait pour les besoins domestiques, Fernand Martiel gueulait par habitude, le feutre en auréole, un gobelet de vin rouge au poing.

Gaston ne pouvait croire que le père était déjà de retour. Le voir ainsi campé sur le seul chemin qui menait à son refuge le mit littéralement en transes. L'angoisse qui le tenait depuis le début de sa cavale, une ou deux heures plus tôt peut-être, éclata comme le bouquet final d'un feu d'artifice. Alors qu'il souhaitait disparaître en silence, son corps et ses nerfs malades réagirent à l'inverse. Tombé à plat dos dans la poussière qui sentait le foin moisi, il s'abandonna au tremblement qui entraînait ses pieds et ses jambes dans une gigue folle. Un long hurlement modulé jaillit de sa bouche mousseuse, à lui arracher le gosier.

— Milledieux, c'est Tila, gueula encore Fernand, là-bas.

Noémi jaillit presque aussitôt, bouscula son vieux mari sans guère de ménagement, et traversa la cour en pantoufles. Elle n'était encore ni spécialement inquiète ni choquée par la violence de la crise. Dieu savait qu'elle en avait connu d'autres. Elle avait appris avec le temps les gestes efficaces qui calmaient, les apaisements murmurés et la vertu de patience. À genoux dans l'obscurité auprès de son fils, elle immobilisa d'abord ses mains lourdes, chantonna le début d'une longue litanie, dans un langage qui n'était ni patois ni français mais seulement celui de la tendresse maternelle, et caressa son front de ses paumes rêches.

— Gastou, mon Gastou, la la la cétou. Tila va va...

Insensiblement, sous le poids des bras et de la poitrine de sa mère, les tremblements du garçon diminuaient de violence. Le baume de sa voix cassée pénétrait peu à peu son esprit, à travers son gémissement, dont il prenait lui-même lentement conscience. Les crises suivaient presque toujours le même scénario : d'abord totalement réflexes, nées d'automatismes incontrôlés, elles évoluaient vers une agitation de plus en plus maîtrisée, au fur et à mesure que Gaston percevait plus nettement son état de délire.

Parfois il mettait très longtemps à se rétablir totalement de ce que les spectateurs impressionnés définissaient, dans leur ignorance du processus, comme une électrocution. Il restait alors dolent un jour ou deux, un sourire humide figé sur ses lèvres béantes, les yeux obscurcis par un nuage de plomb. Durant ces lents retours à son comportement habituel, sa lourdeur immobile et son regard fixe faisaient baisser la voix de ses proches, et même de Fernand, qui évitait ces jours-là de rencontrer son fils.

Mais il arrivait aussi que le réveil fût rapide. Comme si la perception de son dérèglement devenait brutalement totale. Sans qu'aucun de ceux qui le regardaient avec gêne et chagrin s'en aperçoive, la crise « automatique » devenait une crise « simulée », que Gaston arrêtait de lui-même, presque à son gré malgré quelques tremblements résiduels. Sa mère, encore trop prompte à espérer une amélioration, et Jules, qui souhaitait un peu lâchement que le poids de Gaston fût moins lourd pour Noémi, s'étonnaient un peu, ces jours-là, de deviner dans les yeux de leur Attila une étincelle qui ressemblait à de la malice ; et qui en était, peut-être.

Ce soir-là, malgré le choc qu'il avait subi, Gaston cessa vite de s'agiter et de hurler. Il se savait en sécurité, dans le giron maternel. Il sentait une main caresser son front encore bouillant ; il reconnaissait l'odeur chaude, légèrement grasse et sure, du tissu qui frottait contre sa peau. Le temps d'un éclair, l'image d'un corps demi-nu qui se débattait dans la rivière traversa son crâne, et il s'arqua de la tête aux talons, comme si sa démence allait le remporter Mais il tint bon, par hasard.

— Manman, gémit-il, articulant chaque syllabe avec la même intensité mécanique. C'est pas Tila faire du mal.

Fernand, à son tour, était descendu dans la cour après avoir pris le temps d'allumer une lampe-tempête, dont la vieille mèche fumait. Il décocha au passage un coup de pied au corniaud qui continuait à aboyer et qui, déçu de voir ses services de gardien si mal reconnus, grogna une menace platonique avant de se réfugier dans sa niche. Lampe haut levée, traînant ses brodequins délacés, le père se campa droit devant les pieds de son fils. Dans la lumière oscillante du quinquet, qui découpait des ombres tranchées sur son visage dur, il avait l'air menaçant d'une statue de dieu sauvage. Les yeux fixés sur le gisant, il se pencha pour mieux voir.

— *Fan dé pute*, gronda-t-il enfin, ils me l'ont bien arrangé, *lou pobre* !

Alertée par la pitié manifestée par son brutal de mari, si rarement porté à s'attendrir sur les siens, Noémi leva la tête et regarda, dans la lumière, la face ronde de Gaston. Trois profondes blessures parallèles saignaient sur chaque joue, comme s'il avait été attaqué avec un râteau ou une fourchette. Alors, les yeux écarquillés et les mains en écran devant ses lèvres pour retenir son cri, elle eut réellement peur. De la méchanceté des autres, dont elle connaissait bien sûr la bêtise quand ils insultaient son malheureux anormal, mais dont elle découvrait aussi la sauvagerie.

— Seigneur ! qui a pu... commença-t-elle à gémir.

— *Taiso té, milladiou*, interrompit Fernand. On trouvera bien qui a fait ça et on le fera payer, c'est sûr.

Subitement efficace et attentif, le vieux se baissa vers son fils inerte et l'arracha d'un effort aux bras de sa femme. Tenant son Attila comme s'il eût été encore un nourrisson, il fit demi-tour pour le ramener vers la ferme. Noémi avait récupéré la lampe-tempête et l'escortait en trottinant, le chignon dérangé, le regard affolé essayant de capter l'expression de Gaston. Elle savait bien que le contact de son père le hérissait, d'habitude. Cette fois pourtant, comme s'il avait compris le lien viscéral qui l'unissait à cette brute, ou seulement parce qu'il était à bout de fatigue, il s'abandonna aux bras qui le serraient contre l'étoffe de laine rêche qui sentait une odeur si familière.

Ils parcoururent ainsi les vingt mètres qui les séparaient de la maison, à l'allure du porteur dont les jambes fléchissaient un peu sous le poids. Avec précaution, Fernand se hissa marche après marche. Il referma la porte d'un talon furieux avant de poser soigneusement son fardeau sous l'ampoule, sur le banc accoté à la table de bois. Bras ballants, pendant que la mère s'agitait auprès de la pierre d'évier, devant la fenêtre, il regarda longuement le visage de son fils, cherchant des réponses qu'il n'obtiendrait pas. Gaston ne parlait jamais à son père, et rarement en sa présence. Il se contentait généralement, quand il était en face de lui, de lever le bras pour se protéger d'une gifle. Ce soir, dans le maigre éclairage de la grande salle, les deux Martiel se regardaient avec presque de la compréhension.

— Éteins cette foutue lampe, dit enfin le vieux, le pétrole coûte pas rien. Et fais boire et manger ce gosse avant de le faire coucher. Après, tu le fermeras à clé, qu'il aille pas repartir en cavale Dieu sait où.

— Faut soigner sa figure d'abord, voulut s'insurger Noémi, qui retrouvait peu à peu son équilibre depuis que tout son monde était à l'abri.

Son homme hocha la tête en allant prendre une bouteille de vin entamée sur un bahut de bois blanc. Pour traiter ce genre de blessures, le mieux était d'y passer un linge mouillé de vinaigre. Il but une longue lampée à la régalade et rappela la recette à sa femme.

Assis sur le banc dont il n'avait pas bougé, Gaston contemplait le décor familier de son habituel regard plein d'espérance ; sa large bouche ouverte et souriante, sous les marques des griffures, lui composait une face de clown heureux et rêveur.

Jules, qui dormait dans une chambre ouvrant sur les champs, à l'arrière de la maison, était resté invisible. Il n'aimait pas beaucoup se mêler aux veillées de famille.

Une grande heure plus tard, des coups violents frappés à la porte déchaînèrent une nouvelle colère du chien. Fernand se décida à ouvrir, exaspéré d'être dérangé dans son premier sommeil. Devant le perron, deux hommes vociféraient, dont l'un brandissait un fusil. C'étaient le Polack et Alexandre. Les Falgoux. À écouter ce qu'ils racontaient ensemble en essayant de couvrir les aboiements du corniaud, Martiel comprit qu'ils cherchaient Marie-Jeanne.

— Était-elle venue passer la soirée à Ravejouls ?

— Et pourquoi elle serait chez nous ? Ça ne lui est pas arrivé dix fois de nous faire visite.

— Peut-être le Jules l'a-t-il amenée. Ils s'entendent bien ces deux-là, hasarda Anton.

Avant même que Fernand ait eu le temps de répondre que « Macarel dé diou, ce bâtard n'était pas chez lui à Ravejouls, pas assez en tout cas pour y inviter quelqu'un ! », Jules lui-même était là, dans la cour, à côté des Falgoux.

— Je l'ai quittée vers cinq ou six heures, souffla-t-il. Elle allait rentrer à Castelvieil. Je ne comprends pas.

— Elle a disparu, s'énerva Alexandre. Il faut la retrouver !

L'arme à l'épaule, Anton le Polack avait déjà fait demi-tour, et s'éloignait vers la rivière, en boitillant.

— Je viens avec vous, dit Jules sombrement.

Du haut des marches, Fernand regarda les trois silhouettes disparaître dans la nuit avant de refermer sa porte en grommelant.

II

3

Mariette Lacantour transpirait dans sa chemise de nuit en pilou. Moitié insomnies véritables, moitié excitation maladive, elle dormait mal. Les médecins successifs — pratiquement tous ceux de Villefranche — qui s'étaient occupés de son cas avaient diagnostiqué des troubles stomacaux, des troubles cardiaques, des troubles de la circulation, ou des troubles respiratoires. Ils avaient tantôt incriminé son régime alimentaire, trop généreux ou trop léger, tantôt fortement recommandé qu'elle abandonnât son travail à la boutique de photo qu'elle gérait avec son mari. Ses amies, des hypocrites assurément, prétendaient qu'elle ne retrouverait le sommeil qu'après une salvatrice grossesse. Ce qui, étant donné qu'elle se savait stérile, ajoutait à son énervement chronique.

— As-tu pris ton calmant ? chuchota à son oreille la voix paisible de François.

Elle se retourna avec fureur, décidée cette nuit encore à empêcher au maximum son photographe d'époux de replonger dans son bienheureux anéantissement, qu'il accompagnait d'un ronflement discret. Chaque nuit, il lui posait la même question stupide : « As-tu pris ton calmant ? » Chaque nuit depuis huit ans ! Avec le même détachement comme s'il croyait lui aussi aux origines physiques de ses insomnies. Alors qu'il en était seul responsable !

Pour la deux millième fois au moins, elle revint à la source de son tourment. À ce jour de l'été 1952 où la porte vitrée du Studio d'Art Lacantour, faisant vibrer la sonnette d'accueil, s'était ouverte devant une paysanne en robe sombre informe et chapeau de paille noire. Elle tenait la main d'un garçon blond, efflanqué et mal vêtu, qui pouvait avoir douze ans. Mariette se souvenait du choc qu'elle avait reçu. Dès le premier coup d'œil jeté sur le gamin, elle avait compris que le diable entrait dans sa vie. C'était, trait pour trait, le visage de François qu'elle voyait là : le même front haut et étroit sous une mèche raide, le même nez long et fin, dominant une lèvre courte et un menton à fossette, le même regard sérieux des yeux gris très rapprochés de la racine du nez.

Depuis cet après-midi-là, Mariette avait basculé dans la rancœur, la jalousie et la peur du scandale. Elle ne voulait pas admettre qu'avant de la connaître, avant même de partir à la guerre en 1939, son Lacantour avait connu et aimé cette paysanne.

— Je ne savais même pas qu'elle attendait un enfant, avait tenté d'expliquer François. Et pendant mes cinq ans de stalag en Allemagne, je n'en ai reçu aucune nouvelle. Elle a épousé un vieux fermier pendant ce temps, qui a reconnu le gosse. Quand je suis revenu, j'avais oublié ma jeunesse, et je t'ai rencontrée.

Cette tentative de tendresse n'avait eu aucun succès.

— Alors pourquoi vient-elle te jeter ce gamin dans les jambes ? avait ragé la femme jalouse.

— Parce qu'il est malheureux. Son beau-père le bat. Elle l'a consolé en lui disant la vérité sur sa naissance, et il a voulu me voir. Après tout, c'est mon fils. Il est normal que désormais je m'occupe un peu de lui. Nous pourrions...

— Non, avait tranché une Mariette outragée, nous ne pourrions pas ! Je ne t'empêcherai pas de le voir, mais il ne vivra pas avec nous. Et je préférerai que vos rencontres se passent ailleurs qu'ici. Dans la mesure du possible.

Depuis cette scène, une routine aigre s'était installée dans le ménage. François Lacantour, que son travail de photographe appelait souvent à l'extérieur de son magasin, trouvait maintes occasions de faire davantage connaissance avec le jeune Jules Martiel. Peu à peu, à défaut d'un sentiment passionné, une certaine tendresse confiante était née entre le père et le fils. François avait appris la photo à Jules qui paraissait doué, et avait puisé dans son tiroir-caisse pour offrir à son « bâtard », comme l'appelait sa femme, un vélomoteur et de quoi se vêtir décemment.

Mariette, pour sa part, s'enfonçait dans ce qu'elle nommait son malheur. Dominatrice de tempérament, elle se sentait rejetée. Son mari et ce gringalet se voyaient tous les deux ou trois jours, et jamais

François ne lui racontait ces rencontres. Assoiffée de respectabilité bourgeoise, elle se persuadait que tout Villefranche était au courant de sa situation dégradante. Chaque phrase prononcée par une de ses bonnes amies, les commerçantes de la place Notre-Dame, paraissait contenir une allusion. Elle soupçonnait même le chanoine Roucas, son confesseur de la Collégiale, de se moquer en secret de son infortune.

C'était bien assez pour perdre le sommeil. Dans sa chemise de pilou moite, elle s'assit dans son lit. Non, ce n'était pas le sang qui battait à ses tempes, ni les ronflements de François qui la mettaient en alerte. Elle écouta, toute raide. Quelqu'un frappait à la porte du magasin, sous les arcades de la place; amplifiés par la haute voûte de pierre, les coups sonnaient clair, juste sous le plancher de la chambre à coucher.

Cette fois, elle bouscula carrément son voisin de lit.

— As-tu pris ton...

— Assez! cria-t-elle. Réveille-toi donc et descends à l'Atelier. Je crois qu'on frappe à la porte.

Placidement, François alluma sa lampe de chevet et consulta sa montre. Sa femme avait raison : les coups en bas continuaient.

— À quatre heures du matin, pesta-t-il. Ils sont fous, ces gens-là. Ils me prennent pour un docteur ou quoi?

Traînant les pieds dans ses mules, ombre voûtée dans son pyjama à rayures, il traversa la chambre jusqu'à la porte donnant sur le vestibule. De son lit,

Mariette entendit ses pas hésitants qui descendaient, puis une exclamation au moment où cessait le tumulte à la porte vitrée. Sitôt levée, elle ne prit même pas le temps d'enfiler sa robe de chambre jetée sur une chaise, et se glissa pieds nus jusqu'en haut des marches. Cet imbécile de François avait allumé la rampe de néon du magasin, au risque de se donner en spectacle à tout le quartier, déjà alerté par le tapage. Elle n'osait pas descendre, arrêtée à la limite de l'éclairage cru qui nappait le bas de l'escalier. Elle tendit l'oreille et enragea de ne saisir que des chuchotements. Puis elle comprit une phrase, presque à voix haute, au débit bousculé.

— Écoute, père, c'est important ! J'ai besoin de toi !

— D'accord, viens m'expliquer ça au labo. Ce sera plus discret.

Le bruissement de perles de bois qui masquaient la porte du laboratoire précéda le claquement de l'interrupteur qui éteignait la boutique, puis le chuintement du vantail bordé de feutre indiquant que François s'était enfermé avec son visiteur. Le bâtard, évidemment. En pleine nuit ! Mariette s'assit sur sa marche, et se mit à pleurer. Son intuition de femme malheureuse lui disait que cette incursion bruyante allait certainement entraîner de nouvelles questions insidieuses de la part de ses sournoises connaissances.

— Qu'est-ce qui t'a pris de venir faire un charivari pareil à cette heure-ci ? attaqua François, en tâtant du dos de la main les épreuves accrochées au fil de séchage comme une lessive de petit linge.

— Elle a disparu, souffla Jules.

Piqué au milieu du laboratoire, clignant des yeux à l'éclairage brutal du scialytique, il avait l'air d'un épouvantail, pantalon et sandales crottés, cheveux dépeignés et parsemés de feuilles, blouson déchiré par les ronces.

— De qui parles-tu ? De ta chère et tendre Marie-Jeanne ?

— Évidemment. Pourquoi serais-je ici autrement ?

François ne comprenait pas cette logique. Après tout, ne connaissant personne de la basse vallée de l'Alzou, sauf Noémi, il ignorait le nom de celles dont la disparition pouvait à tel point troubler son fils. Il tenta de se montrer d'autant plus calme que Jules paraissait plus agité.

— Où et quand a-t-elle été vue pour la dernière fois, questionna-t-il, et par qui ?

Sa froideur réussit au moins à rendre au jeune homme un semblant de dignité.

— Je l'ai quittée vers cinq heures et demie, hier après-midi, dit Jules. Sur la piste au bord de l'eau où nous avions passé trois heures ensemble.

Cette dernière phrase, accompagnée d'une évidente rougeur aux joues du garçon, fit presque sourire son père, qui crut deviner à quoi s'étaient occupés les amoureux.

— Lui as-tu offert ta bague, au moins ?

— Bien sûr. Elle était aux anges. Je ne te remercierai jamais assez de m'avoir avancé de quoi l'acheter.

— N'en parlons pas, dit François à voix basse, sans pouvoir s'empêcher de jeter un regard inquiet vers la porte du labo.

De toute évidence, il ne tenait pas à ce que Mariette entendît parler de cette dernière libéralité.

— En tout cas, poursuivit Jules, je ne comprends rien à ce qui a pu se passer ensuite. Elle avait promis de rentrer tout droit à Castelvieil. Même pas deux cents mètres à faire. Elle n'y est jamais arrivée.

— Comment l'as-tu appris ?

— Anton, son père, et son frère Alexandre sont venus la chercher à Ravejouls, vers onze heures. Et nous sommes repartis tous les trois pour la retrouver.

— Où avez-vous cherché ? Peut-être est-elle tombée en courant pour rentrer chez elle. Elle serait blessée dans un buisson, ou dans les joncs de la rive...

Il s'était retenu à la dernière seconde de parler de noyade, mais son fils avait manifestement eu la même idée.

— Ou bien elle a glissé et s'est noyée, jeta-t-il d'une voix rauque. C'est ce que tu allais dire. Tu penses bien que nous avons envisagé tout ça. Nous avons fouillé chaque mètre des cinq cents qui séparent l'entrée de Ravejouls de celle de Castelvieil, sans rien trouver. Même pas trace d'une glissade vers la rivière. On a battu tous les buissons de la haie au bord du chemin. Et même l'entrée du potager des

Falgoux, où Maja aurait pu aller cueillir des fleurs. Rien.

Les doigts crispés sur le bord du bac à développement, tête basse, Jules était tout près de se laisser aller au désespoir. Tant qu'il avait couru la campagne avec les Falgoux, il avait espéré ; un peu moins à chaque minute, mais c'était encore de l'espoir. Et même en roulant dans la fraîcheur piquante de la nuit, sur les cinq kilomètres de la route goudronnée qui menait à Villefranche, cramponné au guidon de son vélomoteur, il avait voulu croire qu'ils s'étaient tous affolés pour rien, qu'il y avait une explication apaisante à cette disparition, que Marie-Jeanne était peut-être en train de raconter son aventure à Rose dans la salle commune de Castelvieil, ou que son père, en homme raisonnable, aurait de nouvelles idées pour orienter leurs recherches. Il leva les yeux vers François.

Ce père raisonnable avait l'air sombre. Il se demandait, subitement, s'il connaissait réellement le caractère de ce fils avec lequel il n'avait pas vécu. Leurs conversations avaient paru confiantes, mais, au fond, quel était le comportement de Jules avec ceux de Ravejouls, avec ses voisins, avec les femmes ? Était-il coléreux et brutal ? Il ne savait rien du mari de Noémi, sinon qu'il avait le poing facile, au dire du garçon. Il ignorait tout de cette idylle avec la disparue, à part ce que le prétendant lui avait déclaré. Était-il possible, puisque Noémi avait un deuxième fils mongolien, qu'un peu de son anormalité fût déjà présente sous la peau de Jules ?

Il chercha le regard du jeune homme. Il y lut une

telle détresse qu'il se sentit presque honteux de ses vagues soupçons. Mais il voulait savoir.

— Tu m'as dit, commença-t-il presque sévèrement, en cherchant ses mots pour ne pas blesser, que tu avais passé trois heures avec ta fiancée, avant de la quitter. Peut-être t'es-tu montré trop ardent, trop direct. Je veux dire physiquement. À son âge, les jeunes filles ont parfois des réactions inattendues. Vous vous êtes disputés, ou bien tu lui auras fait mal, ou…

Jules s'était redressé, comme si son père l'avait insulté :

— Je te remercie de me croire capable de n'importe quoi, dit-il froidement. Je tiens à te préciser que Marie-Jeanne et moi avons effectivement fait la même chose que ce que tu as fait avec ma mère à ta dernière permission en 39. Et que c'est elle qui le voulait. Je l'ai quittée heureuse, crois-moi ou pas.

— Pardonne-moi, soupira François, cette fois convaincu. Mais c'est une question que se posera n'importe quel enquêteur si cette absence se prolonge.

Cette passe d'armes les laissait muets, et vaguement hostiles. Pour montrer ses bonnes dispositions, le photographe alluma un vieux réchaud à alcool, prétextant qu'un peu de café les réchaufferait.

— Tu n'as pas dû avoir chaud sur la route, et je commence à grelotter dans mon pyjama.

Cette tentative de convivialité lui donna une idée, qu'il avança aussitôt, comme pour montrer qu'il continuait à réfléchir au problème :

— Écoute, il est possible que ta Marie-Jeanne ait

choisi d'aller raconter son bonheur à sa meilleure amie. Elle se sera attardée...

— Elle ne connaît personne dans la vallée, coupa Jules. Elle ne sort pratiquement pas de Castelvieil depuis qu'elle est revenue de son couvent. Et, à Villefranche, je ne vois guère qu'Antoinette Sire à qui elle aurait pu vouloir se confier.

— La petite de la mercerie Sire ?

— Oui. Elle vient quelquefois chez les Falgoux. Je crois qu'Alexandre l'aime bien. Mais je vois pas comment Marie-Jeanne serait venue à Villefranche à six heures du soir !

— Elle aurait pu faire de l'auto-stop ?

Jules eut l'air de ruminer un instant cette dernière raison d'espérer. Machinalement il prit le bol de café fumant que lui tendait son père. Cette chaleur dans les mains n'éveilla dans sa tête qu'une image. Celle de Maja perdue dans la nuit froide, l'appelant à l'aide, peut-être blessée. Il trembla en allant jusqu'au bout de son imagination. Peut-être était-elle morte ?

Son trouble était si évident que François chercha comment il pourrait redonner à son fils un peu de tonus.

— Que veux-tu que je fasse ? demanda-t-il. Veux-tu que je te raccompagne là-bas pour reprendre les recherches en plein jour ? Je monte m'habiller et je repars avec toi.

Le garçon hocha la tête, comme s'il doutait de l'efficacité de cette quête...

— Non, dit-il. Moi je file à Castelvieil retrouver Alex et Anton. Mais je voudrais que tu ailles déclarer la disparition de Maja à la police. Ils ont les moyens et le personnel qu'il faut. Nous attendrons leur arrivée au pont du kilomètre 4. Ils ne peuvent pas se tromper.

— Je viendrai avec eux. Tu n'as jamais voulu que j'aille à Ravejouls, mais maintenant il n'y a plus de raison que je m'abstienne.

Le fils et le père se dévisagèrent quelques secondes dans la lumière crue du scialytique. Leurs visages, si ressemblants, étaient pareillement désolés.

— Dépêche-toi, dit enfin François. Et ne perds pas espoir.

4

Il avait gardé de sa jeunesse son visage poupin et son air avenant, mais en prenant de l'âge et de l'expérience, il avait beaucoup abandonné de sa crédulité, de ses impatiences et de sa propension à juger les gens sur leur mine. Il était toujours aussi prompt à s'enthousiasmer qu'à l'époque où il servait à la brigade de gendarmerie de Villeneuve-d'Aveyron, sous les ordres du chef Martellat[1]. Pourtant, quinze ans avaient passé. Aujourd'hui, c'était lui le patron. Adjudant Joseph Combes, chef de la brigade affectée à l'arrondissement de Villefranche-de-Rouergue. Quarante-deux ans, marié, deux enfants.

La carrière de l'adjudant avait connu une lente ascension depuis l'époque du «petit Combes» qui tenait soigneusement à jour les minutes d'interrogatoires de Martellat. Sa gaieté et son application n'auraient pas suffi à le faire remarquer de la hiérarchie, mais il fut volontaire pour aller servir en Extrême-

1. Voir, du même auteur, *Un sombre été à Chaluzac*, Presses de la Cité, 1997.

Orient. La guerre d'Indochine avait été le déclic. En poste en lisière des plateaux Moïs, le jeune enquêteur curieux s'était peu à peu transformé, au cours des trente mois d'un premier séjour, en un patrouilleur plein d'astuce, doublé d'un coureur de brousse infatigable. Rentré en France, le maréchal des logis chef, tout frais nommé et décoré, avait fait l'impossible pour repartir aussitôt là-bas, bien que la Gendarmerie eût préféré éviter à ses membres des séjours outre-mer trop rapprochés. Au cours de sa deuxième série d'aventures, Joseph Combes avait développé son sens du commandement, à la tête d'un maquis de montagnards méos, avec lesquels il avait mené quelques raids sur les zones viêt-minh et une longue campagne, en jumelage avec un maquis thaï, entre le fleuve Rouge et la rivière Noire.

Il n'avait pas grandi d'un pouce, toujours à la limite de la taille réglementaire, mais son aura s'était considérablement accrue : quatre citations et la Médaille militaire, une vilaine cicatrice à un mollet, ouvert par un piège de bambou, et les séquelles d'une amibiase, qui faisaient mauvais ménage avec les habitudes alimentaires rouergates.

Depuis son retour définitif en métropole, il n'avait eu de cesse d'être affecté dans le Sud-Ouest, le plus près possible de sa province natale. Il s'était marié deux ans plus tard avec une Bergeracoise, séduite par son heureux caractère, son autorité, sa rapidité d'esprit et de réflexion, et sa quasi-joliesse physique. Quand il avait fait sa demande à Claire Maymac, élégante brune de dix ans sa cadette, il n'avait plaisamment exprimé que deux exigences :

— *Primo*, n'oublie pas qu'en épousant un gendarme, tu abandonnes le droit de te plaindre de mes absences, de nuit comme de jour ; le service prime. *Secundo*, en faisant ma tambouille, pense à mes amibes : évite l'abus de crudités et de féculents.

Claire avait accepté les conditions en riant. Pour montrer sa bonne volonté, sitôt mariée, elle avait commencé la fabrication d'un bébé de sexe mâle, qui se prénomma Robert, en mémoire du chef Martellat. Et, toujours heureuse de bien faire, voulant affirmer qu'elle se réjouissait de l'affectation à Villefranche de son adjudant nouveau promu de mari, en 1958, elle avait agrandi leur famille d'un poupon de sexe féminin, baptisé Clairette, que Joseph appelait Thi-Ba.

En ce petit matin d'avril 1960, quand le chef Vialatte appela son adjudant par le téléphone intérieur de la brigade, la sonnerie réveilla toute la famille Combes. Par chance, personne n'avait le réveil mauvais ou difficile ; Claire sauta du lit pour préparer le déjeuner de ses fauves, Robert et Thi-Ba se lancèrent dans des courses-poursuites glapissantes à travers les trois pièces-cuisine de l'appartement, et Joseph trouva du premier coup le téléphone.

— Bon Dieu, Vialatte, ronchonna-t-il pour la forme, vous n'êtes pas de permanence pour me déranger si ce n'est pas important.

Plantée devant son réchaud, Claire rit joyeusement à la plaisanterie traditionnelle. Pour le chef Vialatte, adjoint dévoué mais peu enclin aux initiatives, tout était toujours important.

— Mais c'est important, mon adjudant, disait-il

justement. Il s'agit d'une disparition. Signalée par Lacantour, le photographe.

— Si ça s'est produit en ville, nous ne sommes pas concernés, mon vieux.

— Non ! Il s'agit d'une jeune fille de la campagne, à cinq ou six kilomètres d'ici. Le tribunal nous a diligentés, le papier vient d'arriver.

— Alors mettez tout l'effectif en branle. J'arrive.

Avant de raccrocher, sans trop savoir pourquoi ce détail l'intéressait, Combes demanda :

— Dans quel coin, cette disparition ?

Dubitative, la voix de Vialatte souffla sa bonne humeur comme une chandelle. C'était l'écho d'une phrase entendue quinze ans auparavant, qui avait déclenché une quête mouvementée où il y avait eu mort d'homme[1] :

— Sur la route de Villeneuve, en direction du Farrou.

La camionnette de la brigade transportait, outre le chef Vialatte, six des dix membres de l'unité : Tepillac le conducteur, Dubreuil, Baringot, Destour, le Tunisien, Martin, le seul Rouergat du lot, et König, un Alsacien haut en couleur et blagueur comme un Provençal. Ce dernier était le seul à se poser des questions à voix haute sur l'exercice qui leur était proposé ce matin-là :

— Aller courir derrière une fille soi-disant disparue, soliloquait-il, c'est nous faire crapahuter pour

1. *Un sombre été à Chaluzac, op. cit.*

rien. Je parie qu'elle a découché et qu'on ferait mieux de savoir l'adresse de son galant et d'aller la chercher sur place.

Le gendarme König, qui venait de passer vingt-quatre mois de séjour dans un bourg d'Algérie, où il avait eu quelques démêlés avec des fils et filles de colons, en avait ramené quelques idées toutes faites sur la mentalité des jeunes gens, qu'il exposait dans un langage résolument guerrier. Le gendarme Martin était exaspéré par ces affirmations gratuites.

— Pas de chance, grogna-t-il. C'est justement son amoureux qui a donné l'alerte !

En fait, ce n'était pas tout à fait aussi simple. Dans la R 4 bleu roi qui précédait la camionnette, l'adjudant Combes était en train d'essayer d'éclaircir la genèse de sa nouvelle affaire en questionnant son passager. La veste de tweed orange de François Lacantour, le photographe de la place Notre-Dame, crispé sur le siège à côté du sien, y paraissait tout à fait incongrue. Pour les rares piétons qui se hâtaient, dans la fraîcheur du matin, sur les trottoirs de la promenade Saint-Jean, ce petit convoi de gendarmes qui s'engageait sur « la route d'en bas », vers le Farrou, transportait un civil qui n'avait pas l'air catholique et qui paraissait inquiet.

— J'aimerais comprendre, disait Combes, quels sont vos liens avec la disparue.

La silhouette prostrée fit un effort pour se redresser.

— À vrai dire, hésita le photographe, il n'y en a aucun. Je ne l'ai jamais rencontrée de ma vie. Mais mon fils m'a annoncé avant-hier matin qu'il voulait l'épouser à son retour d'Algérie.

L'adjudant négocia les deux premiers virages de la route, dont les lacets suivaient au plus près le cours de l'Alzou. Deux ou trois fois, depuis son arrivée à Villefranche, il avait eu l'occasion de faire appel aux services professionnels de ce Lacantour ; il s'en voulait de n'avoir pas, à l'occasion, un peu plus fréquenté le personnage. Il ignorait qu'il eût un fils ; apparemment en Algérie ?

Il fallut à peu près trois kilomètres d'explications pour qu'il comprenne la situation de bâtardise de ce fils non déclaré et non reconnu, puis la qualité des relations entre François et Jules, enfin les débuts de l'idylle vécue par celui-ci avec la fille de ses voisins.

— C'est elle qui est introuvable depuis hier soir. Les parents sont venus chercher mon fils à la nuit et ils ont tous passé des heures à battre la campagne sans résultat. Jules est venu à Villefranche vers quatre heures du matin et m'a demandé, avant de repartir à Castelvieil, de prévenir la police. Le commissariat m'a renvoyé chez vous.

Lacantour s'était montré d'une louable sobriété, essayant de ne rien oublier de l'essentiel et gommant les détails inutiles, comme la description de la scène que lui avait faite Mariette après le passage de Jules. La fureur de son épouse ne lui avait pas paru aussi importante que l'angoisse de son fils. Il l'avait faite sienne. Combes, qui commençait à connaître les faiblesses humaines, en avait noté les traces dans le récit de son passager, coupé de soupirs et de silences brusques. Il était même prêt à parier que le narrateur faisait effort pour ne pas envisager les développements de l'enquête. Adepte de la manière directe, il prit son ton le plus officiel pour poser sa question :

— Êtes-vous certain, monsieur Lacantour, que le jeune Jules est totalement innocent dans cette histoire de disparition ? Pas de trouble anormal ? Pas de remords apparent ?

— Attention ! s'écria presque immédiatement l'autre, nous avons manqué le croisement. Il fallait tourner à droite et prendre le pont. Pardonnez-moi, je vous écoutais et j'ai oublié de vous prévenir assez tôt.

La camionnette de Tepillac, qui suçait les roues de la R 4, fut à un cheveu d'emboutir la voiture de l'adjudant. Quelques jurons soldatesques, suivis de dangereuses manœuvres en marche arrière, remirent les deux véhicules sur la bonne voie : un virage à angle droit, un pont de pierre, étroit à interdire les dépassements, et une aire caillouteuse qui constituait un cul-de-sac. C'est là que commençait un sentier herbu, longeant la berge de l'Alzou. C'était là aussi qu'attendait un comité d'accueil. Deux hommes à l'air harassé et au regard sombre, tous deux minces et grands, du moins à l'estimation de Combes, qui se sentait toujours désagréablement en état d'infériorité quand son interlocuteur le dépassait de plus d'une tête.

L'aîné des deux qui se trouvaient là, visage plat de Slave, chemise à carreaux déchirée sur un torse maigre, tenait à deux poings devant lui un fusil de chasse, comme une sentinelle hésitant à accorder le passage. Il regardait débarquer les équipages des deux voitures et comptait à voix basse les gendarmes en tenue de campagne de toile verte qui s'alignaient sur le terre-plein. D'un coup d'œil, on pouvait deviner qu'il s'impatientait de leur lenteur, et qu'il doutait de leur efficacité.

Quant au plus jeune, qui ne devait pas avoir vingt ans, l'adjudant n'hésita pas à lui donner une identité, tant il ressemblait, par les traits et les attitudes, au discret monsieur Lacantour. D'ailleurs, pour que nul n'en ignorât, le garçon s'était approché de la R 4 et avait saisi l'épaule du photographe avec un air de complicité reconnaissante très révélatrice. Combes, qui avait noté la promptitude de son passager à saisir le prétexte du carrefour manqué pour éviter de répondre à sa question sur l'innocence de son fils, scruta le visage du jeune Jules. Il y lut du désarroi et de l'inquiétude, ce qui s'expliquait fort bien de la part d'un fiancé épris, et une fatigue nerveuse et physique justifiée après une nuit de recherches aveugles. Rien de plus.

— Voici mon fils Jules, Jules Martiel, dit le photographe au gendarme. Il vous racontera ce qui est arrivé.

Le vague soupçon que l'adjudant n'avait pas tout à fait précisé, tout à l'heure, sur la route, poussait maintenant dans sa tête une nuée de petits bourgeons prêts à grandir. En admettant que Jules et sa dulcinée aient été décidés au mariage, peut-être la bâtardise du futur avait-elle braqué les familles contre ce projet. Le jeune couple aurait pu organiser une fausse disparition, pour forcer la main des parents et leur arracher leur consentement.

Tout à son hypothétique construction, Combes

vint buter sur le dos de l'homme au fusil, qui s'était arrêté en abordant une ouverture dans la haie. À main droite s'ouvrait une cour de ferme classique, avec son tas de fumier, un bâtiment chaulé qui devait être la grange, quelques appentis destinés à la volaille ou au petit matériel, aux murs desquels s'appuyaient quelques fourches et deux brouettes. Au fond la maison d'habitation se reconnaissait à son toit de lauzes et à sa haute cheminée fumante. Entre les bâtiments, l'œil n'avait aucune échappée vers les champs qui devaient s'étendre au-delà, et que masquaient des massifs de lauriers et des buissons d'aubépines déjà fleuris.

Un petit attroupement d'hommes et de femmes, cinq ou six à première vue, guettait l'arrivée des renforts du pied des marches de l'entrée.

Jusque-là silencieux, l'homme qui avait guidé la petite troupe sur ce bout de sentier se retourna vers l'adjudant :

— Je m'appelle Anton Zghidzensky, dit-il, mais pouvez dire le Polack comme tout le monde. Nous cherché toute la nuit. Rien trouvé. C'est ma fille Marie-Jeanne je perdu, ajouta-t-il avec un tel dérapage vers l'aigu qu'il parut sur le point de sangloter.

Il se reprit avec effort, posa au sol la crosse de son fusil, du geste las du patrouilleur qui rentre de sa traque, et chercha le regard de Combes, comme pour y lire un signe d'espoir.

— Maintenant, ajouta-t-il d'un ton plus ferme en montrant du bras le petit groupe immobile devant sa maison, nous aidons tous vous à chercher encore. Vous le chef.

— Avez-vous une idée de l'endroit où pourrait être votre fille ? demanda l'adjudant d'une voix calme.

D'un coup d'œil, il avait noté que le Polack, comme il s'appelait lui-même, était aussi près de la crise nerveuse que le jeune fils du photographe. Il allait devoir éviter un accès de désespoir qui retarderait encore un travail de recherches vraiment efficace.

— Où avez-vous fouillé, cette nuit et ce matin ? ajouta-t-il.

Ce fut Alexandre, le fils Falgoux, qui répondit. Blond de paille, des yeux de faïence battus par la fatigue, il avait l'air moins découragé que les deux autres.

— Nous avons écumé tout le sentier en bord d'eau, le potager, la luzerne et ce que nous avons pu de la friche entre chez nous et Ravejouls.

Combes allait s'étonner que personne n'eût pensé encore à sonder la rivière, quand le chef Vialatte lui coupa l'herbe sous le pied.

— C'est anormal que des riverains n'aient pas eu l'idée de fouiller les trous d'eau de l'Alzou, et la végétation de la berge d'en face, grogna-t-il d'un air soupçonneux.

Anton parut se réveiller.

— Ma fille pas folle ; elle nage bien et cette pute de rivière trop froide pour le bain.

Malgré lui, l'adjudant tiqua sur ces explications. Un père affolé pouvait-il ainsi négliger la possibilité la plus évidente de retrouver sa fille ? Ou du moins son corps ?

— Vialatte, commanda-t-il, prenez trois de nos hommes et remontez la rive d'en face. Il doit bien y avoir un moyen de traverser.

Ce fut encore Alexandre qui réagit, comme si la décision du gendarme lui avait redonné de l'énergie.

— En face, c'est une île. La Basse, elle s'appelle. Il y a un gué à trente mètres d'ici. Je vais accompagner le chef.

— Je viens aussi, dit Jules.

— Non, mon garçon, s'interposa Combes. Vous restez avec moi. Je peux avoir besoin d'un guide, et je veux que monsieur Anton reste aussi.

Visiblement l'ordre déplaisait au fils du photographe. Mais quand il tenta de prendre son père à témoin de la brimade de l'adjudant, Lacantour baissa la tête avec résignation.

Les yeux et les oreilles aux aguets, l'adjudant nota que la plus négligée des deux femmes, image type de la paysanne usée avant l'âge, coiffée d'un foulard sans couleur et vêtue d'un sarrau noir informe, baissait les yeux elle aussi, après un regard inquiet en direction du paysan âgé debout à côté d'elle. Chapeau de feutre délavé et raide de crasse, chemise de laine occultée par deux ou trois gilets à manches, pantalon de coutil trop long et couvert de taches tombant sur des brodequins boueux, le vieux essuya d'un revers de main ses moustaches de druide et graillonna, à la cantonade :

— Allez, Noémi, on rentre à Ravejouls. Ton travail t'attend, et le mien aussi. Suffit bien que ton milledieux de rejeton trouve encore un prétexte pour pas aider.

Le front plissé et l'œil venimeux, il toisa à distance cet extraterrestre en veste orange qu'il n'avait jamais eu la curiosité de rencontrer. À ce qu'il comprenait, c'était ce *macarel* de bon à rien qui avait autrefois fait un bâtard à sa Noémi ? Se retenant de faire un esclandre, il se tourna vers le Polack, raide et sombre comme des bois de justice auprès de l'autre femme, qu'il tenait par l'épaule. Manière de faire un geste de politesse, le vieux repoussa son feutre sur sa nuque.

— Bé, les Falgoux, on a fait ce qu'on a pu, en voisins. C'est l'heure d'aller traire, et j'ai des outils à remmancher. *Adicias !*

Poussant du bâton sa compagne, comme il eût fait d'une chèvre, il se mit en marche vers le groupe des gendarmes, qui le séparait de la sortie de la cour. Quand il parvint à hauteur de l'adjudant, il parut chercher son regard. Sans raison précise, Combes se sentit désagréablement irrité en croisant ces petits yeux bruns, un peu vacillants entre les paupières plissées, qui distillaient une évidente méchanceté.

Bien que personne ne lui eût présenté qui que ce soit, les quelques mots de mise en situation des personnages prononcés par Lacantour en voiture tout à l'heure avaient suffi au gendarme pour comprendre que le vieux paysan et son esclave formaient le couple Martiel. Comment le destin avait-il pu autrefois rapprocher deux êtres aussi différents que le photographe et cette campagnarde sans caractère ?

L'autre ménage, celui d'Anton Quelquechosensky, avait une autre « gueule ». Ils étaient visiblement abattus par leur malheur, mais ils faisaient bloc. Et, malgré ses yeux agités et le tic qui crispait ses lèvres, la femme se tenait droite sous le bras de son mari.

Quant au dernier civil présent, cheveux calamistrés, regard fuyant, allure de « beau gosse » professionnel dans une combinaison blanche zébrée de fermetures Éclair, le gendarme n'avait eu aucun mal à le reconnaître. Deux mois auparavant, Espérandieu Caspegoux avait été convoqué à la brigade pour s'expliquer sur sa participation à une bagarre de fin de bal, dans un village sur la route de Caylus. L'affaire n'était pas encore réglée, ce qui expliquait peut-être pourquoi cette gravure de mode jouait les ombres muettes depuis l'arrivée de la maréchaussée.

— Qu'est-ce que vous faites ici ? questionna Combes. Êtes-vous parent de la disparue ?

L'autre s'empressa, avec une servilité huileuse. Il parlait lentement, avec une tentative d'accent parisien tout à fait ratée.

— Non, non, mon adjudant ! Je suis, si vous vous en souvenez, conducteur d'un camion-citerne de ramassage du lait pour la Coopérative de Villefranche. Je passe tous les jours sur cette route de l'Alzou. Les Martiel et les Falgoux sont nos clients réguliers. Ce matin, en ville, de très bonne heure avant que je parte en tournée, j'ai croisé Jules Martiel en vélomoteur, qui m'a appris ce qui s'était passé ici, et m'a demandé de me renseigner sur la jeune fille tout au long de la vallée. Je me suis arrêté à Castelvieil pour demander comment je pouvais être encore utile.

D'un coup d'œil, Combes quêta confirmation de

cette rencontre du petit jour auprès de Jules, qui acquiesça du menton.

— Où avez-vous laissé votre camion ? Pourquoi n'est-il pas près du pont ?

— J'avais l'intention de ne m'arrêter qu'au retour de ma tournée, dit Caspegoux apparemment à l'aise. Passé le carrefour du pont, je me suis dit qu'il vaudrait peut-être mieux venir voir Alexandre ou madame Rose tout de suite. J'ai garé la citerne un peu plus haut sur le bord de la route, en face du gué qui mène à Ravejouls et je suis venu à pied par le sentier. Il n'y a pas dix minutes que je suis là !

— C'est bien honnête à toi, dit sourdement le Polack, de vouloir nous aider. Maintenant que les gendarmes sont là, je crois tu peux repartir ton travail. Et merci encore.

Quelque chose sonnait faux dans ces protestations de bonne volonté de la part de Caspegoux, et dans ces remerciements du Polonais. Combes ne pouvait s'empêcher de penser qu'un coureur de filles comme le conducteur de la Coopérative pouvait bien s'être intéressé à la jeune Marie-Jeanne. Jusqu'à quel point ? Il se secoua. Le temps n'était pas encore venu de se livrer à des hypothèses. Il fallait d'abord retrouver la disparue. Vivante ou morte ? En tout cas sûrement blessée. Rien d'autre ne pouvait expliquer cette absence de toute une nuit.

Il regarda les Falgoux. Tant l'homme que la femme paraissaient si déprimés qu'il en eut pitié. Ce n'étaient pas les premiers parents qu'il rencontrait après la disparition d'un enfant, mais ils étaient assurément parmi les plus marqués ; comme si l'espoir de revoir un jour leur fille les avait déjà abandonnés.

— Ayez confiance, dit-il presque malgré lui. Nous la retrouverons.

À vingt mètres derrière lui, le groupe formé par ses trois gendarmes et par les Lacantour père et fils attendait ses ordres. Il adressa au dieu des enquêteurs une prière silencieuse pour qu'aucun des cinq n'ait entendu la promesse qu'il venait de faire. D'un geste de la main, il donna congé au conducteur de la Laiterie, qui dansait d'un pied sur l'autre devant lui, comme un petit soldat impatient d'être renvoyé à sa corvée par un gradé. À voir le soulagement trop évident de Caspegoux, Combes fut sur le point de se raviser et de rappeler le jeune homme. Il le laissa quand même s'en aller, et le suivit des yeux jusqu'à ce qu'il disparaisse à la sortie de la cour. Ce garçon était aussi irritant de comportement que physiquement. L'adjudant se promit de s'intéresser de près à l'emploi du temps d'Espérandieu.

Il allait demander aux Falgoux quelques précisions sur les fiançailles de leur fille avec Jules Martiel quand il s'entendit appeler par une voix essoufflée. Encore sur le sentier au bord de l'eau, c'était le gendarme Destour qui le hélait :

— Mon adjudant ! Le chef Vialatte a besoin de vous. Vite, il a dit !

L'excitation qui faisait trembler la voix avait d'un coup réveillé les ardeurs de tous les occupants de la ferme. Ils se rassemblèrent autour de l'adjudant comme s'ils avaient voulu le suivre sur-le-champ. Pour un peu, le Polack et le jeune Martiel seraient déjà partis vers la rivière. Combes dut s'interposer, bras écartés pour leur barrer la sortie. Il ne fit rien pour retenir la rage qui le tenait. Comme eux tous, il avait compris pourquoi Vialatte le faisait chercher, et l'angoisse du spectacle qui l'attendait le mettait hors de lui.

— Vous allez tous me foutre la paix et rester dans votre ferme ! cria-t-il. Si je veux vous voir et vous questionner, je vous ferai appeler.

Cet éclat réussit à arrêter la ruée des civils. Seule Rose Falgoux ne sembla pas convaincue par l'ordre du gendarme. Le visage blanc de craie, elle s'approcha à quelques centimètres de Combes.

— Vous n'allez pas m'empêcher d'aller auprès de ma fille, si vos hommes l'ont trouvée, souffla-t-elle. Vous n'êtes pas si insensible ?

Elle avait l'air de dire : « Et si c'était un de vos enfants qui avait disparu, accepteriez-vous qu'on vous interdise de le voir ? » L'adjudant frémit en pensant à Robert et à Thi-Ba, et se raidit pour essayer de retrouver son calme.

— Restez ici, madame Falgoux, dit-il doucement. Je vous promets que je vous ferai chercher dès que je saurai à quoi m'en tenir. Dubreuil, continua-t-il d'une voix ferme à l'adresse du plus ancien de ses hommes, je vous charge de veiller à ce que personne ne quitte Castelvieil sans ma permission.

Déjà, il avait rejoint Destour, qui l'entraînait vers l'amont. La courbe du sentier arrêtait la vue à moins de cinquante mètres, là où la rivière se barrait de rochers et d'écume. Sans doute était-ce le gué qui menait à l'île dont avait parlé le frère de Marie-

Jeanne. Le teint toujours aussi verdâtre, Destour s'engageait déjà dans les remous qui marquaient le gué, de l'eau jusqu'aux mollets.

— La fille, haleta le gendarme en se retournant vers Combes. Elle est dans l'île, aux trois quarts nue. Le corps a été caché à la va-vite sous un buisson, les pieds encore dans l'eau. Le chef dit qu'elle a été violée, battue et noyée, mais peut-être pas dans cet ordre-là. Le jeune civil qui nous accompagnait est devenu comme fou. Il voulait aller tuer quelqu'un, il a fallu que König le secoue un peu pour l'empêcher de nous fausser compagnie.

5

— Vous n'allez tout de même pas me laisser attaché à votre gorille ? fulmina Alexandre, du plus loin qu'il vit arriver l'adjudant.

Celui-ci sautait d'un caillou à l'autre, à travers l'Alzou, sur les talons de Destour.

Assis sur la berge de l'île, les cheveux dans les yeux, le jeune homme secouait rageusement son bras levé et la menotte que le solide König tentait d'immobiliser, avec une grimace qui trahissait son exaspération.

— Il est fou, ce garçon, souffla le gendarme. Si je ne l'avais pas maîtrisé, il serait déjà en train de prendre un fusil dans sa ferme pour aller abattre le meurtrier de sa sœur !

D'un dernier saut, Combes était arrivé sur la terre ferme. Planté devant le rebelle assis, il essayait de calmer l'excitation qui l'envahissait, rituellement, chaque fois qu'une affaire prenait de l'ampleur. Avec un meurtre et un viol, il était servi ! Tout le département allait bouillir de curiosité dans l'attente d'un résultat. Étrangement, ce fut le gamin pendu au poignet de König qui lui permit de retrouver son calme.

— Quand je pense à ce que ce salaud a fait à Maja ; dit-il d'une voix qui tremblait.

L'adjudant tourna la tête pour ne plus voir ce regard noyé et ce rictus de rage sauvage. À dix mètres en amont, Baringot et Martin, dont il n'apercevait que les dos penchés au-dessus d'un buisson, semblaient s'affairer à prendre des mesures, selon les directives de Vialatte, dont la voix de basse mâchait la moitié des syllabes, comme s'il eût chuchoté avec révérence.

— Avez-vous vu le corps de votre sœur ? demanda Combes au prisonnier de König.

— C'est moi qui l'ai trouvé, et montré à votre adjoint, dit sombrement Alexandre en se relevant.

— Si vous me promettez d'être raisonnable, et de ne pas partir en chasse comme un écervelé, je vous fais détacher. Et vous me raconterez ce que vous vouliez faire tout à l'heure. Et pourquoi.

Frottant machinalement son poignet rougi, se forçant visiblement à ignorer la masse menaçante du gendarme qui regrettait à l'évidence de l'avoir libéré, et qui le marquait comme son ombre, le jeune homme suivit l'adjudant jusqu'au groupe Vialatte.

— Quadrillez ce buisson, réclamait la voix du maréchal des logis chef. Si elle a été tuée ici, nous trouverons sûrement un objet qui lui appartenait. Sais pas, moi... une épingle à cheveux, une perle de collier s'il y a eu lutte, une petite bague, ses dessous...

Vialatte se retournait vers Combes et ses compagnons. Il avait l'air d'avoir reçu le choc de sa vie. Il transpirait sous son képi, mais son expérience de vieil enquêteur pointilleux lui servait de refuge.

— C'est vrai, dit-il, ce n'est pas normal. Si elle a été attaquée là où nous l'avons trouvée, pourquoi n'y a-t-il pas de culotte à proximité ? Et qu'est-ce qui a arraché la peau de son doigt, là, à la main gauche ?

Ils baissèrent tous les yeux vers Marie-Jeanne, dont le doigt pelé mettait une tache rouge dans la main blafarde, levée comme un dernier appel au secours. Sur le torse dénudé de la jeune fille, auquel se collait encore, mouillée et salie de vase, l'épaule déchirée d'un corsage ou d'une robe, trois hématomes achevaient de bleuir sur la peau cireuse. Le cadavre gisait sur le côté droit, comme si le dernier geste instinctif l'avait tordu vers le ciel ou la lumière. Ce qui apparaissait du visage confirmait ce dernier effort ; les yeux fixes, où ne se lisait même plus l'épouvante, étaient exorbités, et la bouche, déformée par un coup, réclamait, de ses lèvres bleues, déchirées et crispées sur les mâchoires grandes ouvertes, une goulée d'air qui n'était jamais venue.

Contre l'épaule de l'adjudant, qu'un passé guerrier ne protégeait pas beaucoup de ce macabre spectacle, Alexandre tremblait de tout son corps. Il avait beau se raidir dans une dérisoire tentative d'impassibilité, il ne commandait plus ses poings qui se serraient, ni son regard qu'il voulait détourner ; ses yeux restaient englués sur sa sœur suppliciée, qu'il voyait à travers une brume nauséeuse ; son imagination s'affolait à lui peindre les dernières minutes de Maja.

Dans le silence qui s'était abattu sur l'île et qui

s'imposait même aux gendarmes, qu'on eût pu croire moins impressionnables, le gémissement du garçon parut démesuré. Ce n'était pourtant qu'un couinement de détresse. Tombé à genoux, hoquetant de fatigue et de chagrin — peut-être aussi de dégoût —, il vomit en fermant les yeux. Deux ou trois jets de bile aigre, au goût de cendres amères.

— Quel porc ! s'énerva le gendarme König. Juste sur mes rangers ! Pourrait avoir ses spasmes plus loin, cette femmelette !

— Maintenant, ça suffit, coupa sèchement Combes, presque vexé de constater que son Alsacien manquait à ce point de compréhension.

À se frotter pendant six ans à des guerriers d'autres Armes, Combes était devenu très sensible aux histoires de mess, qui peignaient « le gendarme » en lourdaud incapable de faire preuve d'intelligence et de tact. Il s'était toujours consolé en se rappelant que c'était une vieille habitude française de chiner le crétinisme prétendu des porteurs d'uniformes à galons. Mais, depuis qu'il en avait hérité à la brigade, il admettait que le gendarme König apportait trop d'eau au moulin des dénigreurs systématiques du gradé moyen.

— Au lieu de dire des conneries, jeta-t-il excédé à son subordonné, allez plutôt chercher les deux Lacantour que j'ai laissés au mas sous la surveillance de Dubreuil, et ramenez-les-moi. Eux deux seulement, hein ! Attention, vous ne leur dites rien de ce qui s'est passé ici, et pas question de jouer les terreurs.

Toujours agenouillé, le jeune homme blond crispait ses paupières fermées, comme pour effacer l'image de Marie-Jeanne étalée dans l'herbe. Sans doute n'avait-il même pas entendu la réflexion de son gardien, ni la réaction de l'adjudant. Tête baissée, mains au sol, il marmonna quelques mots que Combes ne comprit pas.

— Allons, mon garçon, reprenez-vous. Je sais bien que c'est une épreuve terrible pour vous, mais vous savez au fond que c'est en nous aidant que vous vengerez le plus sûrement votre sœur !

Devant lui, Alexandre secoua la tête, soupira longuement et se remit debout avec détermination. Ses yeux bleu faïence, durcis par l'émotion, fixèrent ceux du petit gendarme, comme pour peser la confiance qu'on pouvait lui accorder. Il détourna enfin le regard, convaincu par la franchise, le sérieux et l'attention qu'il avait lus sur ce visage.

— Vous ne connaissez pas tout le monde, dans le coin, dit-il enfin. Pas le principal personnage en tout cas. Le coupable ne peut être que lui. C'est sûr.

Combes était suspendu à cette voix lente, qui semblait égrener des encouragements à sauter le pas, et à dire enfin ce nom qui était peut-être la clé de l'énigme. Il se contraignit à freiner son impatience. Ne serait-ce que pour persuader le jeune frère que l'action personnelle n'amènerait que de nouvelles catastrophes. Il ne fallait pas lui arracher ce qu'il croyait savoir, mais le laisser décider.

— Il n'y a que lui qui soit assez fou pour avoir fait ça, continuait Alexandre. C'est Attila, évidemment, Gaston Martiel, quoi !

Cette fois, il regarda l'adjudant avec soulagement.

Prêt à en recevoir une marque de compréhension. Il fut déçu. Presque inconsciemment, Combes s'était livré à une rapide revue des habitants de Ravejouls et de Castelvieil qu'il avait rencontrés ce matin, laissant son intuition affecter à chacun d'entre eux sa dose de méfiance. Lequel pouvait-il soupçonner avec quelque raison ?

— Qui est cet Attila ? demanda-t-il. Et pourquoi est-il si évidemment coupable ?

Le ton de la question n'était ni enthousiaste ni même reconnaissant. La conviction avec laquelle cette accusation avait été prononcée faisait mauvaise impression. Comme si ce Gaston inconnu de lui était le bouc émissaire désigné.

Alexandre ne parut pas sensible au refroidissement de l'ambiance.

— Gaston Martiel, commença-t-il, est le frère de Jules, qui a été vous prévenir cette nuit. Il n'a que quinze ans. Mais il en aurait vingt ou trente que ça ne le rendrait pas plus normal. Il est mongolien. Je crois que ça s'appelle comme ça. L'air d'un Chinois ou d'un Tartare. C'est pour ça qu'on l'a appelé Attila, comme celui qui avait dévasté l'Europe. Et Gaston, il n'arrête pas, lui aussi, de détruire ou de casser tout ce qu'il touche...

Alexandre avait beaucoup à raconter sur l'anormalité de son petit voisin. Il dit l'attrait de Gaston pour la vie sauvage, son idylle avec Paderewsky et son affection brutale pour les animaux de tout poil ou toute plume, son ignorance butée des normes dans les contacts humains, ses crises de rage impuissantes, les fantaisies de sa mémoire, si énervantes qu'on en arrivait à les croire volontaires, ses difficultés d'élocution, et peut-être même de conception des phrases, et la gêne causée par l'aspect physique, la lourdeur foncière et sa paradoxale fluidité dans le paysage, le glauque ou la fixité de son regard.

Combes avait écouté cette accumulation de griefs. Ce jeune homme de la campagne, qui avait manifestement tiré profit de son séjour à l'école, s'exprimait avec assez de précision pour ne laisser aucun doute sur le diagnostic qu'on pouvait établir dans le cas « Gaston Martiel ». Mais enfin, tout ce fatras n'en arrivait qu'à prouver que le malheureux était bien mongolien. Le bouc émissaire était bien bouc. Sans doute de surcroît incapable de se défendre d'une accusation de viol et de meurtre. En somme, le coupable idéal. Le simple fait qu'il y avait sur les bords de l'Alzou quelqu'un à montrer du doigt devenait au contraire, dans l'esprit volontairement neutre du gendarme, une raison supplémentaire de suspecter les accusateurs éventuels.

— Je comprends que vous n'aimez pas beaucoup votre Attila, dit-il. Vous êtes comme tout le monde, et pas lui. Dans nos pays, on ne supporte jamais longtemps ceux qui s'entêtent à rester différents, et chez lui la différence est définitive. Mais vous ne m'avez donné aucune preuve de sa culpabilité. J'ignore tout des relations que ce Gaston entretenait avec votre sœur, avec son frère, ses parents, vous-même. Pourquoi aurait-il agressé cette jeune fille ?

Alexandre ne parut pas ébranlé dans sa conviction. On eût dit, à la passion qu'il mit à poursuivre, que le froid soufflé par l'adjudant réveillait ses certitudes.

— Jules vous a peut-être dit que lui et Marie-Jeanne voulaient se marier. Ils avaient décidé ça avant-hier, paraît-il. Il nous l'a dit la nuit dernière quand nous sommes allés le chercher à Ravejouls. Remarquez que ce n'était pas un secret bien difficile à deviner. Ma mère était la seule à n'avoir peut-être pas su que ces deux-là allaient bien ensemble. En tout cas, mon père et moi l'avions compris depuis un moment. Et je peux vous assurer que l'Attila, ce sauvage qui passe son temps à faire l'Indien dans la nature pour espionner tout le monde, l'avait compris lui aussi. Voyez-vous, ce petit monstre avait une prédilection pour ma sœur, qui lui parlait gentiment et lui apprenait des chansons, et il la guettait plus volontiers que nous autres. Mais depuis quelques mois, Marie-Jeanne m'avait raconté qu'il n'était plus le même quand elle réussissait à lui parler. Il bavait davantage, rougissait, la regardait par en dessous. Les filles savent vite ce que tout ça veut dire, surtout celles de la campagne, même si elles ont été élevées chez les sœurs.

— Ça ne prouve toujours rien, interrompit Combes.

L'accusateur balaya le coup d'arrêt d'un geste énervé.

— Je peux presque vous dire ce qui est arrivé, s'exaspéra-t-il. Ma sœur est venue au bord de l'eau pour rêver, ou pour se baigner, ou Dieu sait pourquoi, et s'est peut-être endormie. Attila, qui la guettait comme d'habitude, lui a sauté dessus. Elle s'est défendue, il l'a frappée, elle est tombée, et voilà. Plus tard, par le gué, il l'a traînée jusqu'ici, pour qu'on ne la trouve pas tout de suite.

— Reste à savoir quand il l'a violée, dit Combes, froidement brutal. Car indéniablement elle a été violée.

— Si vous le dites, il a dû le faire, répliqua Alexandre, à nouveau tout pâle.

Il fit un effort visible pour retrouver sa combativité, et demanda, avec plus d'effronterie que d'impatience, pourquoi l'adjudant n'allait pas aussitôt à Ravejouls arrêter l'assassin. Combes ne répondit que par un haussement d'épaules.

Ces dix minutes de conversation avaient pourtant modifié, en sens inverse, les premières opinions des deux interlocuteurs. Bien qu'il voulût rester objectif, le gendarme était finalement impressionné par la vraisemblance du scénario proposé. Tout restait à prouver, mais admettre l'éventualité d'un coup de folie chez un handicapé mental ne lui paraissait plus une solution de facilité. Quant à Alexandre, l'effort qu'il venait de faire pour expliquer et justifier ce qui avait été une illumination, une demi-heure plus tôt quand il avait buté sur le corps de sa sœur, lui avait montré la fragilité de ses griefs. Il se rappelait les propres mots de Marie-Jeanne, qui cherchait à préciser la gêne qu'elle éprouvait devant Gaston. Sa gêne, pas sa peur.

— Tu sais, avait-elle dit avec un petit rire, on dirait un jeune chien qui vient se frotter le ventre sur ton genou !

Il se souvint qu'il l'avait traitée ce jour-là de bonne

sœur hypocrite, et il pleura, assis dans l'herbe, les yeux fixés sur un papillon jaune, inélégant, dont le poids faisait frémir une jeune tige bourgeonnante.

Comme un claquement de doigts, l'envol du papillon le sortit de son hypnose. Derrière son dos un ronronnement de voix lui rappela qu'il n'était pas seul dans l'île. Les gendarmes fouinaient dans les buissons et l'adjudant avait entrepris un nouveau duel, avec Jules et avec son père.

— J'ai cru comprendre que vous aviez passé une grande partie de l'après-midi avec votre amie, disait Combes. Êtes-vous certain qu'elle était en bon état quand vous l'avez quittée ?

— Évidemment, s'énerva tout de suite le garçon. Elle était heureuse de nos fiançailles et admirait la bague que je venais de lui donner.

À trois mètres de là, le chef Vialatte leva vivement la tête et montra le cadavre d'un coup de menton.

— Elle ne portait pas de bague, signala Combes.

— Quelqu'un la lui aura arrachée.

— Qui donc ?

— L'assassin, bien sûr !

Les yeux rouges, les joues creusées de fatigue, Jules parut se tasser, comme si sa propre réponse venait de lui faire prendre conscience de la réalité. Marie-Jeanne était morte, bon Dieu ! Et il était là à répondre à un interrogatoire insensé. Ce gendarme qui prenait des airs de Machiavel, pour lui faire reconnaître Dieu savait quoi !

— S'il faut tout vous dire, explosa-t-il, nous avons fait l'amour, là, sur la berge d'en face. Et Maja l'avait voulu !

Il avait avoué par bravade, et il était étonné de ne lire ni surprise ni indignation dans les yeux de l'adjudant.

— Vous savez, dit celui-ci, en souriant presque, tout ça me paraît assez normal. Si vous m'aviez affirmé être resté sage, j'aurais trouvé que c'était louche.

Jules n'avait pas été très discret dans ses aveux. Manifestement, Alexandre, qui se relevait avec la rage marquée sur le visage, avait entendu et n'avait pas apprécié l'emploi du temps des amoureux. Combes leva la main et fronça les sourcils pour lui interdire d'intervenir.

— Vous n'êtes là ni l'un ni l'autre pour vous battre. Nous allons retourner tous les trois à Castelvieil avec monsieur Lacantour. Il va falloir annoncer à vos parents que votre sœur est morte, et il vaudrait mieux que vous n'ajoutiez pas au tragique du moment. Vous étiez amis, vous avez failli devenir beaux-frères, alors serrez-vous les coudes au lieu de vous taper dessus.

Le regard de défi qu'échangèrent les deux jeunes gens pouvait difficilement passer pour affectueux ou même amical, mais le gendarme s'accommoda de ce moindre mal.

— Pourrions-nous, demanda-t-il à Jules, rejoindre directement votre ferme d'ici ? J'ai cru comprendre qu'il y avait un autre gué entre l'île et Ravejouls.

— Autrefois, oui, concéda le jeune Falgoux, qui n'avait pas digéré facilement l'appel au calme de l'adjudant. Depuis plus de dix ans maintenant le père Martiel a fait sauter les rochers qui servaient de passage entre La Basse et son domaine. Seuls existent encore le gué entre La Basse et la route, sur l'autre bras, et celui que vous avez passé tout à l'heure, entre l'île et Castelvieil, sur ce bras-ci.

Tout en donnant des ordres au chef Vialatte, avant de repartir avec les civils, Combes se demanda pourquoi Espérandieu Caspegoux lui avait menti en lui décrivant l'itinéraire qu'il avait suivi ce matin, après avoir laissé son camion-citerne au bord de la route.

6

— Docteur, disait l'adjudant Combes pour la troisième fois au moins, vous pouvez me raconter ce que vous voulez sur le comportement des mongoliens, vous n'empêcherez pas que celui-ci a été sérieusement griffé au visage, par quelqu'un qui y a mis tout son cœur, et que mon cadavre s'est retourné les ongles, comme vous l'avez constaté vous-même tout à l'heure avant de l'envoyer à la morgue.

— Le garçon a très bien pu se blesser sur une branche, une racine ou un barbelé pendant sa fuite, hasarda le docteur Flavien.

— Et la fille s'esquinter les phalanges sur un rocher, bien sûr. Et tout ça n'est que coïncidence. Soyons sérieux, voulez-vous.

Manifestement, le gendarme était mécontent de l'entêtement que mettait le médecin à déclarer son hypothèse irrecevable, sous le prétexte qu'un mongolien n'était jamais animé par des pulsions amenant à des actions brutales. Avant de se ranger dans le camp des convaincus de la culpabilité d'Attila, Combes avait longtemps combattu cette solution de facilité. Laissant Vialatte continuer à fouiller l'île, il avait bouclé les habitants de Castelvieil, effondrés, dans le périmètre de leur cour, confiés à la garde de Dubreuil, et il avait rejoint Villefranche avec les Lacantour, silencieux dans le fond de la Renault.

Une longue conversation avec le juge d'instruction, à la fois compte rendu et considérations oiseuses sur la poursuite de l'enquête, l'avait passablement échauffé. Et pour finir, les quatre heures qu'il venait de passer avec le docteur Flavien, praticien villefranchois, commis par le juge aux fonctions de médecin légiste, l'avaient amené à une exaspération difficile à maîtriser.

Déjà, en étudiant le corps de la jeune fille, qui n'avait pas été déplacé et qui semblait avoir repris les couleurs de la vie sous la toile de tente qu'avait fait tendre Vialatte, la prudence de l'examinateur avait mis la patience de l'adjudant à l'épreuve. Était-elle morte noyée ? Avait-elle été violée avant ou après sa mort ? Pourquoi était-elle blessée aux doigts des deux mains ? La peau mise à vif du médius l'avait-elle été pendant l'arrachement d'une bague ? À quand remontait le décès ?

Cette dernière question était la seule à laquelle Flavien avait fait une réponse assez précise :

— Vers dix-neuf heures hier soir, avait-il admis. À une heure près.

Pour le reste, il prétendait attendre l'examen des poumons pour décider de la noyade, des organes sexuels pour préciser s'il y avait eu viol ou relation volontaire, et des rognures qui seraient récupérées sous les ongles pour proposer l'origine des blessures aux doigts.

— Je sens, avait conclu Combes en cachant mal son énervement, que c'est à moi de vous proposer quelques solutions de mon cru, qui pourraient vous mettre sur la voie. Pour commencer, nous allons à Ravejouls avec le jeune Jules, pour faire la connaissance du seul personnage de l'histoire que je n'ai pas encore rencontré.

Lacantour avait été abandonné en ville, où il subissait certainement les foudres de Mariette. Jules avait vécu jusque-là ces allées et venues dans un état second, sur le siège arrière de la voiture des gendarmes. Partagé entre le chagrin, l'abattement et des bouffées de souvenirs heureux, dont les berges de l'Alzou regorgeaient pour lui depuis la veille, il avait suivi comme une ombre l'adjudant et le docteur.

Lorsque Combes lui avait demandé de raconter une nouvelle fois les détails de son après-midi d'amoureux, il s'était exécuté simplement. Le gendarme avait seulement remarqué l'émotion contenue du narrateur, qui évitait de tourner les yeux vers le cadavre.

— ... si j'étais resté auprès d'elle, reniflait Jules, ou si je l'avais raccompagnée à Castelvieil !

Il répétait à voix terne les mêmes regrets, qui allaient sans doute le hanter une longue partie de sa vie.

Le gros Vialatte était pour sa part assez ému par le chagrin du jeune homme. Et pratiquement convaincu que celui-ci disait la vérité. L'absence de la bague, arrachée brutalement, lui paraissait une confirmation de la bonne foi de Jules.

Quant à l'adjudant, qui forçait un peu sa nature sentimentale pour rester impartial, il croyait maintenant dur comme fer à l'innocence du fils Lacantour. Ce qui ne lui apportait aucune aide dans sa recherche d'un suspect.

— Qu'en pensez-vous, docteur ? avait-il demandé.

Le médecin avait gardé une attitude très officielle, sortant de sa poche un carnet où il avait écrit quelques pattes de mouche, après avoir demandé combien de temps s'était écoulé entre la dernière étreinte des amoureux et leur séparation.

Combes lui en avait voulu de cette froideur. Manifestement, le docteur Flavien manquait, autant que de l'accent du terroir, de la chaleur humaine qui faisait les bons médecins de campagne. Ses lunettes à verres épais trahissaient le fort en thème, et le pli de son pantalon de fin tissu l'habitué d'une clientèle bourgeoise. Au demeurant, il n'avait rien d'un empoté en traversant le gué du bout de l'île. C'était un jeune homme ambitieux et confit dans ses certitudes, voilà tout. L'adjudant s'était contenté de marquer son hostilité en suivant Jules en silence sur le sentier menant à Ravejouls. Sans se retourner pour voir si monsieur le médecin légiste désigné suivait bien la maréchaussée.

Quand le trio était arrivé à sa ferme, Noémi était seule, dans la cour. Visiblement désœuvrée. Un instant la vue de son fils aîné lui avait fait lever la tête, avec une ombre de sourire. Le temps d'un éclair, malgré les rides et les cernes de chagrin, de fatigue et de solitude, son visage avait retrouvé la douceur et presque la joliesse de la jeune campagnarde qui avait séduit François Lacantour, avant qu'il ne partît à la guerre. Mais quand elle avait aperçu le petit homme en uniforme qui suivait Jules, et le grand civil qui fermait la marche, sacoche de docteur au poing, cette fugace éclaircie avait disparu.

— C'est bien honnête de votre part de me ramener mon fils, mais il aurait pu revenir tout seul. Déjà, d'amener son vrai père dans le coin ce matin, vous auriez pu vous en passer. Mais, en plus, l'embêter toute la journée avec vos questions. On vous dira pas merci ! Heureusement que Martiel n'est pas là.

Cette tentative de sang-froid agressif n'avait été qu'un combat d'arrière-garde. Ils l'avaient tous compris quand Jules avait interrompu sa mère, avec la tendresse précautionneuse qu'on prend pour annoncer un malheur.

— L'adjudant veut juste demander quelques détails à Gaston. Peut-être a-t-il vu quelque chose hier, s'il traînait comme d'habitude du côté de la rivière ?

— Le malheureux ! Il se souvient jamais de rien, tu le sais bien. Aujourd'hui, en plus, il a eu une crise. Fernand m'a dit de l'enfermer.

Combes avait insisté, avec un zeste de menace dans la voix. *In petto*, il s'était même avoué heureux de la présence de Flavien : la présence d'un docteur avait balayé les dernières défenses de la femme, quand il avait précisé que la consultation ne coûterait pas un sou.

Et maintenant, depuis une demi-heure, Combes

et le médecin étaient dans la salle commune, en face de Gaston Martiel, qui ne les écoutait pas, bavait avec application sur son banc, regardait d'un œil buissonnier les mouches au plafond, et leur souriait avec une impassibilité de passe-boules.

Le gendarme était tout entier axé sur son enquête, et se demandait seulement comment il allait pouvoir éveiller l'attention de ce qu'il appelait, au fond de lui, un demeuré, bien qu'il cherchât à se convaincre qu'il était devant un malade. Il s'avouait qu'il ne connaissait rien à ce genre d'anormalité. Bien sûr, l'aspect physique de ce misérable suspect, que la signature de la victime désignait comme l'évident coupable, suffisait à provoquer une gêne dont il admettait qu'elle pouvait influencer son jugement. Mais son ignorance du comportement des mongoliens, qui le rendait tributaire des renseignements que pouvait lui donner le médecin assis auprès de lui, lui faisait craindre d'être trompé par des fausses absences de mémoire, par des mensonges d'allure innocente, ou par un conte ourdi par un esprit diabolique.

Le docteur Flavien, lui, était devenu un autre homme. Sa froideur policée, son désintérêt un peu hautain avaient fait place à ce que Combes, incompréhensif et vaguement jaloux, baptisa, en son for intérieur, la «passion du diagnostic». Longuement, il avait scruté le visage de Gaston, non pour en apprécier les blessures, mais pour y retrouver les caractéristiques de la maladie.

— Un vrai cas d'école, s'enthousiasma-t-il. On

n'a que rarement l'occasion d'étudier un sujet aussi typé.

— Mettez-y tout de même un bémol, osa conseiller Combes. Vous participez à une enquête de police, et votre patient est très sérieusement suspect de viol et de meurtre !

— Vous venez de parler en analphabète, s'indigna Flavien. Si peu scientifiques que soient nos connaissances du mongolisme, nous savons du moins deux choses : un mongolien peut être involontairement cruel, mais jamais délibérément criminel ; et, question viol, les insuffisances psychiques et hormonales ne le rendent absolument pas assez actif sur le plan sexuel pour le pousser à violer quelqu'un.

— En somme, goguenarda le gendarme, il peut en avoir envie sans être capable de le faire. Mais peut-être existe-t-il des exceptions ? Vous admettez que vos connaissances ne sont pas scientifiquement établies. Alors pourquoi ce garçon, que sa famille a manifestement laissé vivre comme un sauvage, n'aurait-il pas un comportement différent de celui des malades que vous étudiez dans vos asiles ?

Pensivement, il regarda le benjamin des Martiel. Il éprouvait une gêne de plus en plus pesante à échanger avec le médecin arguments et supputations sous le nez même de l'intéressé. Que celui-ci n'eût pas l'air d'être conscient qu'on parlait de lui n'enlevait rien au scabreux de la situation. Flavien, lui, continuait à bénir sa chance d'être là.

— Rendez-vous compte, dit-il, comme cette croissance sauvage rapproche ce cas du mongolien type. Aucun risque que la discipline imposée dans un établissement spécialisé ou des tentatives répétées d'éducation aient introduit dans ce cerveau des modifications du processus de base. Ce Gaston Martiel mériterait de devenir un sujet de thèse !

Cette fois, Combes regarda le légiste de travers. Il n'aimait pas beaucoup les techniciens qui se gargarisaient de leurs titres ; il avait tendance à croire que la chaleur des rapports humains prévalait sur la rigueur des classements, et que comprendre était préférable à savoir. Paradoxalement, dans cette discussion sur la réalité ou l'irréalité de la culpabilité de cet adolescent anormal, il se disait que c'était lui, l'accusateur, qui était le plus sensible. Ancré sur ses connaissances cliniques, le médecin défenseur plaidait comme un expert.

Il se leva du banc. À rester trop longtemps repliée en position assise, sa jambe droite s'engourdissait sur le souvenir d'une blessure par mine en Indochine. Il clopina jusqu'à la porte, qu'il ouvrit, et appela Jules à la cantonade.

— Quand il parle de lui-même, demanda Combes, quel nom ton frère se donne-t-il ? Gaston ?

— Non. Il sait qu'il s'appelle Gaston, mais lui ne dit jamais que Tila. Pour Attila, vous comprenez.

Jules croyait peut-être que le gendarme allait lui proposer d'entrer, mais Combes n'avait nulle envie d'affronter un deuxième avocat. Il ferma la porte au nez du garçon et vint se poster tout contre celui qui paraissait ignorer depuis une demi-heure qu'il était sur la sellette.

Quand le gendarme, hésitant, se décida à lui poser sa main sur l'épaule, Gaston bascula la tête en arrière et le regarda, sans cesser de sourire. Combes, qui s'était attendu à une réaction plus brutale, fut étonné de lire dans les yeux qui le fixaient quelque chose qui ressemblait à de la curiosité, ou de la confiance. Le docteur, toujours assis en face d'eux, allait s'interposer, recommander peut-être la prudence. Combes le fit taire d'un coup d'œil furibond.

— Tila, demanda-t-il, j'aimerais bien que tu sois mon ami. Je m'appelle Joseph.

Il n'avait même pas eu à chercher sur quel ton présenter sa requête. Il s'était adressé à cet homme-enfant avec la voix que connaissait sa fille Thi-Ba. Douceur à peine mâtinée d'autorité. Les sourcils de Gaston se haussèrent, et ses deux mains, brusquement arrachées à la table, vinrent se crisper sur celle qui pesait sur son épaule, avec une force surprenante. Il regardait cet inconnu qui, étrangement, n'avait pas peur de le toucher et ne semblait pas lui vouloir de mal, avec une dévotion toute neuve.

— Tila aime Zef, articula-t-il en postillonnant. Zef c'est bien.

De l'autre côté de la table, le docteur Flavien paraissait sidéré par l'aisance inattendue de cette prise de contact. Mais Combes n'avait conscience ni d'avoir réussi un exploit ni, plus prosaïquement, de la moiteur des paumes chaudes qui emprisonnaient ses doigts.

— Tila aime aussi Marie-Jeanne ? questionna-t-il.

Le garçon hocha la tête sans cesser de sourire, et répondit quasiment sur-le-champ.

— Tila aime Maja. Tila veut Maja. Maja veut pas Tila. Maja pas bien.

— C'est Maja qui a griffé Tila ?

Les yeux fixés sur lui s'assombrirent lentement, non comme s'il était difficile de se souvenir mais parce que le souvenir était douloureux.

— C'est Maja qui a griffé Tila, répéta Combes, qui avait l'impression de se retrouver dans son maquis du Nord-Laos, en pleine conversation radio avec un correspondant lointain qui ne comprenait pas le quart de ses messages, et qu'il fallait joindre à tout prix.

Sous sa main, il sentit se contracter les muscles de Gaston, mais il insista :

— Allons, Tila, dis à Joseph qui a griffé Tila.

— C'est Maja.

Les trois syllabes détachées avaient été dites presque à voix basse, comme si le chagrin accablait l'amoureux repoussé aussi fort que hier, sur la berge. Peut-être la chance joua-t-elle alors un rôle important en laissant Combes et Flavien sans voix, ce qui incita Gaston à continuer son histoire. Peut-être ces coups de griffes avaient-ils été pour lui l'humiliation la plus grave de l'aventure et la plus difficile à reconnaître et à évoquer. Maintenant que ce plus dur était dit, et que la bonde avait sauté, le reste devenait une histoire simple.

Avec ses mots tronqués et sa syntaxe primitive, Tila admit qu'il avait voulu faire avec Maja ce qu'avait fait Jules pendant qu'il les épiait, mais que Maja l'avait repoussé. Il reconnut même qu'ils s'étaient battus et qu'elle était tombée au bord de l'eau. Longtemps il remua la tête, de gauche à droite, en racontant avec quelle fureur et quel dégoût elle l'avait chassé, et comment il s'était réfugié dans les buissons en la regardant respirer sur la berge.

— C'est pas Tila faire du mal, conclut-il, en répétant plusieurs fois cette phrase qui fit sursauter le docteur Flavien.

Combes ne savait plus ce qu'il devait croire de ce long monologue décousu. Il était envahi de pitié en même temps que découragé. Personne ne pourrait jamais condamner un si lamentable coupable, autant à plaindre que sa victime.

— Mais enfin, dit Flavien tout excité, vous ne comprenez donc rien ? Ce n'est pas lui, vous dit-il sans arrêt. C'est donc qu'il sait que quelqu'un a fait du mal à la jeune fille. Peut-être même sait-il qui !

Combes mit quelques secondes à digérer cette interprétation de ce qu'il n'avait pris que pour l'habituel recul devant l'aveu définitif.

— Dis-le à Joseph. Tila a-t-il vu quelqu'un d'autre avec Maja ?

Bien que cette fois sa voix eût perdu toute douceur, Gaston n'en parut pas affecté. Il hocha encore la tête, affirmativement, avec ce qui pouvait passer pour de la satisfaction.

— Tila vu quinquin, ânonna-t-il.

— Qui ?

Subitement, il semblait que cet informel interrogatoire, dont aucune autorité ne voudrait jamais admettre la validité, avait assez duré. Toujours aussi moites, mais sans énergie, les mains du garçon retombèrent sur la table et son crâne replongea vers l'avant, entraîné eût-on cru par le poids de la mâchoire inférieure pendante. Le menton fuyant était tout luisant de salive.

— C'est une histoire abracadabrante, souffla Combes.

— Les mongoliens ne mentent pas, objecta Flavien. C'est trop compliqué pour eux comme construction mentale. S'il vous dit qu'il a vu une autre personne, c'est que c'est vrai. Je crois seulement qu'il ne vous dira jamais de nom. Il est bloqué. C'est déjà tout à votre gloire d'en avoir tant obtenu. J'aurais pensé qu'il était à peu près impossible d'établir aussi vite une communication, ajouta-t-il, pensif et étonné.

Le gendarme se demanda si cet étonnement était aussi flatteur qu'il voulait le paraître, ou s'il trahissait seulement la piètre idée que s'était faite le médecin des capacités d'un enquêteur privé de formation scientifique.

— Vous savez, glissa-t-il perfidement, j'imagine que les anormaux comme tout le monde sont sensibles à ce qu'on appelle la sympathie !

Il n'eut pas le temps de se satisfaire de cette passe d'armes. La défaillance d'attention de Gaston n'avait pas duré. Avec effort mais détermination, il s'extirpa du banc coincé par la table, et se retrouva debout à côté de Combes. Ils étaient tous deux à peu près de la même taille. Le sourire de l'adolescent semblait correspondre à son humeur :

— Zef amène Tila voir Maja, annonça-t-il en glissant ses doigts mous dans la paume de son nouvel ami.

Le geste était étonnamment semblable à celui de

Robert ou de Thi-Ba lui donnant la main pour traverser une rue. Il troubla Combes au moins autant que les mots prononcés.

Cette fois, ce fut le docteur Flavien qui eut le dernier mot.

— Vous savez, ils ont une grande capacité d'oubli. En vous les racontant, votre Attila a effacé ses souvenirs douloureux d'hier. Pour lui, la jeune fille est vivante et sera contente de le voir.

7

Maintenant que le premier choc était passé, Rose Falgoux avait de haute lutte reconquis une dignité un instant perdue dans les larmes. Peut-être n'avait-elle pas voulu se donner en spectacle devant les gendarmes qu'elle devinait apitoyés. Ou fallait-il, suivant l'expression stupide de l'adjudant, que la vie continue ?

— Il faut que vous teniez bon, avait encouragé le petit Combes, avec une persuasion qui l'avait convaincue.

Peut-être, si elle avait épousé vingt ans plus tôt un paysan du cru, travailleur, raisonnable, près de ses sous et peu porté à la gaudriole, serait-elle devenue, elle aussi, une de ces femmes sages de quarante ans, piliers des familles campagnardes, auxquelles on n'accordait jusqu'à la vieillesse ni âge déterminé ni considération particulière. Mais Rose avait choisi son Polack parce qu'il était gai, farfelu, attentionné et toujours prêt à lui trousser la cotte ou un compliment. Elle avait gardé à son contact sa robuste bonne humeur, et avait acquis une certaine façon d'aimer les membres de sa petite cellule, faite de tolérance pour les écarts des siens, d'un laisser-aller confortable, et d'optimisme tenace. La réussite maraîchère d'Anton l'avait fortifiée dans sa confiance en lui, le physique agréable et la solidité morale de ses deux enfants l'avaient rendue fière de leur manière de vivre.

Quand le gendarme revenu de La Basse leur avait annoncé la mort de Marie-Jeanne, et qu'Alexandre s'était fait arracher le récit des violences subies, sa première réaction avait été de s'effondrer en larmes. Elle avait toujours été volubile et démonstrative. Mais elle avait conscience d'être aussi la pierre angulaire sur laquelle était bâtie sa maison. L'abattement d'Alexandre et surtout le désespoir d'Anton, qui sanglotait sans retenue sur son épaule, avaient d'un coup gelé ses propres gémissements. Son chagrin grondait toujours dans son sang et dans sa tête, mais elle décida, sans même s'en rendre compte, qu'il fallait que quelqu'un se montrât assez solide pour retenir sa famille à la dérive. Elle devait être ce quelqu'un.

En repassant à Castelvieil, avec Flavien, en fin d'après-midi, après avoir laissé Jules à Ravejouls, Combes avait d'abord été surpris par le comportement presque naturel de cette mère insensible. En y regardant mieux, il avait remarqué le teint plombé des joues rebondies, la tension perceptible des mains, le nez pincé et les cernes bleuis qui mangeaient les pommettes, les yeux marqués de rouge qui hésitaient à se fixer. Il avait deviné les efforts de Rose pour rester maîtresse d'elle-même.

L'instinct avait averti Combes qu'il ne fallait ni se montrer plein de commisération ni faire preuve de trop d'admiration pour sa dignité.

Comme ils restaient plantés là, cherchant comment formuler ce qu'ils avaient à dire, c'était elle qui avait parlé la première.

— Alors ? Vous avez trouvé le sauvage qui nous a pris ma fille ?

La voix avait un peu faibli sur les derniers mots, mais Combes avait saisi, dans le regard qui fuyait, un éclair de cruauté qui disait mieux que des mots que cette femme n'aurait désormais aucun répit qu'elle n'ait vengé les siens.

Le docteur Flavien, qui n'avait pas les délicatesses du gendarme, et qui ne jugeait que sur les apparences, avait alors cru bon de proposer ses services.

— Madame Falgoux, je crois qu'il faudrait vous reposer un peu. Tous vos travaux peuvent attendre un jour ou deux, sûrement. Je vais vous donner quelques pilules pour dormir.

Elle avait regardé le médecin, qui commençait à fouiller dans sa sacoche, avec un mélange de hargne et de satisfaction ; il lui donnait l'occasion de relâcher un peu la tension qui l'habitait.

— Vous croyez qu'on peut se reposer un jour ou deux, dans une ferme ? Qui va nourrir ma volaille ? Et traire les vaches ? Et faire manger mes hommes ?

À la dernière seconde, elle s'était retenue d'ajouter que, d'habitude, c'était Marie-Jeanne qui l'aidait dans ces activités, et que maintenant elle était seule. Et puis, devant l'air malheureux du docteur qui restait là, penaud, ses deux pilules offertes sur une paume, elle avait ajouté :

— Si vous voulez que quelqu'un dorme, ici, vous feriez mieux d'entrer à la maison, et de donner votre médecine à mon pauvre Anton. Il est comme fou, voyez-vous, et je voudrais pas qu'il prenne son fusil pour aller tuer quelqu'un à son tour.

Cette dernière phrase était manifestement destinée au gendarme, muet jusque-là, comme pour l'obliger à s'expliquer enfin, à dire pourquoi il n'avait encore arrêté personne…

— Je sais bien de qui vous voulez parler, avait répondu Combes calmement, très conscient qu'il importait de se montrer persuasif. Votre Alexandre, qui est un garçon sensible, m'en a déjà parlé ce matin. Mais vous avez tort de croire que Gaston Martiel est coupable. Je crois qu'il a vu ce qui s'est passé, mais je mettrais ma main à couper que ce n'est pas lui qui a tué votre fille.

Rose avait paru frappée par la foudre, comme si cette affirmation, conclue sur ces mots qui évoquaient si brutalement son drame, lui arrachait d'un coup la force qui la faisait tenir depuis ce midi.

— Pourtant… avait-elle balbutié.

— Je peux garantir que ce n'est pas le mongolien, avait soufflé Flavien. Il en est physiquement et mentalement incapable.

Elle avait accueilli cette confirmation en quêtant une nouvelle assurance sur le visage du gendarme ; quand il avait hoché la tête affirmativement, avec un soupçon de sourire, compréhensif et triste, elle avait porté les mains à son front, pour endiguer le sanglot qui allait lui faire perdre toute son énergie.

— Alors, avait-elle soupiré, après un long silence, qui donc a pu faire une chose pareille ? Si ce n'est pas Gaston… Je ne peux pas croire que ce soit Jules. Anton m'affirme qu'il était en adoration devant Marie-Jeanne. Il n'aurait pas pu lui faire tant de mal, dites ?

Sa voix tremblait entre ses doigts serrés. Les deux hommes, debout devant cette femme aux épaules voûtées, si visiblement à bout de résistance nerveuse, n'osaient plus rien dire, de peur de déclencher une crise de larmes.

Combes se décida. Il ne s'était pas arrêté une fois de plus à Castelvieil pour consoler une mère désespérée, mais pour mettre en garde les Falgoux contre la tentation de la vengeance.

— Madame Falgoux, dit-il avec une solennité perceptible dans la voix, vous avez parlé tout à l'heure de votre mari et d'un fusil. Il n'est pas question que qui que ce soit de votre famille aille menacer n'importe qui sous prétexte que vous le soupçonnez. Si vous ne me promettez pas de rester tranquilles, vous et vos hommes, je vous enverrai des gendarmes à domicile pour vous surveiller. Je ne crois pas que cette solution vous plairait.

Cette déclaration avait paru rendre à Rose un peu de sa dignité chancelante. Elle acquiesça même de la tête, pour signifier qu'elle était d'accord. Fixés sur ceux de cet homme grave qui faisait appel à son sens des responsabilités, ses yeux douloureux annonçaient les termes d'un marché : « Si je peux avoir confiance en vous pour découvrir et poursuivre l'assassin de ma fille, je renoncerai à faire moi-même ma justice. » C'était honnête, et Combes trouvait qu'il ne pouvait en demander beaucoup plus.

— En échange, je voudrais que vous me disiez de temps en temps où en est votre enquête. C'est pas que ça nous rendra ma pauvre petite, mais on saura au moins qui est le monstre. Je crois que ce sera moins pire de savoir.

Combes promit, de bonne foi. Peut-être était-il trop sentimental, mais la force d'âme de cette femme dans une telle épreuve l'émouvait assez pour qu'il envisage de la satisfaire, le règlement dût-il en souffrir.

— C'est entendu, admit-il. Je passerai vous voir demain, sans doute en fin de matinée. J'espère que nous aurons du nouveau et que nous pourrons en discuter. En attendant, obéissez au docteur Flavien et essayez de dormir.

Rose haussa les épaules ; quand retrouverait-elle le sommeil ? Ils étaient bien braves, tous ces hommes, docteur, gendarme, qui donnaient de bons conseils. Comment croyaient-ils qu'elle arriverait, couchée dans son lit, à effacer les images de sa Marie-Jeanne assaillie, frappée, violentée, assommée, noyée, traînée dans un buisson comme une bête crevée ? Non, elle dormirait quand et où la fatigue l'anéantirait.

Quand les deux hommes partirent, elle ne répondit pas à leur au revoir murmuré. Les yeux noyés, le menton agité de spasmes, les mains nouées sur sa poitrine, elle resta longtemps debout, abandonnée à l'amer soulagement des larmes.

Ces pleurs avaient lentement dénoué ses nerfs. Mais elle n'était pas d'un caractère à se laisser aller ; comme si ce geste était d'un grand effort, elle leva lentement la tête vers le ciel sombre, où brillait déjà l'étoile du berger. Le dos droit, elle passa un avant-bras rageur sur son visage. Elle ne voulait pas rentrer sous son toit et affronter ses hommes avec la mine d'une vaincue. Elle s'accorda quelques minutes supplémentaires pour retrouver les apparences de la fermeté. Elle allait obliger Anton à rallumer dans la cheminée le feu éteint depuis ce matin, et lancer son fils à la quête de quelques œufs pour battre une omelette. Elle n'avait aucun objectif qui dépassât ces humbles occupations. Finalement, ce docteur et ce gendarme avaient raison. Pour bien goûter sa douleur, il faut être vivant. Manger, et dormir. Il serait bien temps, après, de se poser d'autres questions.

Quand elle poussa la porte, elle s'étonna que personne n'eût songé au moins à allumer l'électricité dans la salle commune. La lumière crue de l'ampoule qui pendait au-dessus de la grande table la fit cligner des yeux. Alexandre était seul, assis tout rabougri sur un tabouret devant l'âtre éteint. Il avait l'air ahuri de qui est réveillé en sursaut, les cheveux en désordre et le regard encore à la recherche d'un présent où s'accrocher. La grande pièce vide et silencieuse, et l'apparition de sa mère dans cette lumière agressive le ramenèrent d'un coup à la réalité. Il se déplia, gauche et comme honteux d'avoir dormi au milieu d'un tel désastre.

— Où est ton père ? demanda Rose, rudement.

Elle voulait bien incarner la force de la famille, mais elle ne voulait pas admettre que les deux autres fussent lâches au point de se laisser aller.

— Alors, répéta-t-elle, où est-il ? À dormir, lui aussi, comme s'il n'y avait rien à faire dans cette maison ?

— Je n'en sais rien, bougonna Alexandre, furieux de se sentir coupable. Je me suis endormi là parce que j'étais crevé. J'ai pas vu le père. Il m'a rien dit.

Tous les deux maintenant, mère et fils, se regardaient avec les yeux grands ouverts, et leurs visages si peu ressemblants étaient marqués pareillement par une angoisse naissante, comme s'ils avaient été alertés par le même pressentiment.

— Milledieux, jura Alex à voix basse, il aurait pas fait ça, quand même !

— Fait quoi ?

Il répondit d'un coup de menton, en montrant le manteau de la cheminée, sur lequel se dessinait en gris moins sale la forme du fusil d'habitude accroché là, entre deux clous rouillés.

Trois pas de galop jusqu'à la porte de leur chambre suffirent à Rose pour constater qu'Anton avait trouvé une autre façon de réagir à sa peine que le sommeil ou les larmes. Le garçon, pour sa part, revenait de la chambre de sa sœur, comme s'il avait cru y trouver son père, mort ou vif, suicidé ou en prières. Il secoua la tête et regarda sa mère, dont l'autorité était devenue tellement évidente, depuis quelques heures. Elle n'hésita que quelques secondes.

— Toi, dit-elle à son fils, tu restes ici et tu prépares une omelette. Je vais chercher ton père, je crois savoir où il est. Attends-nous pour te mettre à table, ça nous fera du bien à tous d'être ensemble.

Alexandre ne fit même pas mine de vouloir l'accompagner, tant elle paraissait réellement savoir où se trouvait Anton. Peut-être elle et lui connaissaient-ils un endroit secret, où ils avaient partagé un souvenir et où ils se réfugiaient à l'occasion des grands événements de leur existence. Étrangement, replongé dans le chagrin de la perte de Marie-Jeanne, cette supposition romanesque apporta à Alexandre un apaisement. Il referma la porte sur sa mère et entreprit d'allumer le feu dans la cheminée.

Dès qu'elle eut retrouvé l'obscurité, la vaillance de Rose céda la place à la peur. Le lieu de rendez-vous avec son homme, où l'auraient attirée des souvenirs communs, n'existait pas ; plus exactement, il était multiple. Confondu avec telle ou telle pièce de leur maison lentement aménagée au cours des années, avec un talus ou un coin de grange où ils s'étaient aimés, dans l'insouciance de leur couple joyeux, avec ce pilier inachevé d'un portail qui n'avait jamais été installé, à l'entrée du sentier, parce que la rivière avait tout inondé, ce printemps-là. Chaque détail de son paysage quotidien, qu'elle évoquait en désordre dans son angoisse, rappelait à Rose une attitude, une phrase, un geste ou un sourire d'Anton. Où était-il, ce soir, avec cette peine qui devait le détruire ?

Un instant, elle imagina qu'il était allé en pèlerinage dans l'île, là où avait été découvert le corps de sa fille. Et elle fut tentée d'y courir pour l'empêcher de se servir de son fusil contre lui-même. Mais cette image rapide n'ajouta pas à sa panique. Anton n'était pas homme à se suicider. Elle savait combien Marie-Jeanne comptait pour son père, mais il n'aurait pas choisi de la suivre en abandonnant sa femme et son fils.

Soudain, dans son affolement, elle sut où était allé Anton, et pourquoi. Il avait décidé de se venger, et était parti à Ravejouls pour y abattre le coupable, ce petit anormal auquel ils avaient tous attribué le crime. Quelques heures plus tôt, elle eût certainement fait l'impossible pour l'empêcher de risquer à son tour la prison, mais, au fond de son cœur, elle aurait partagé ce besoin de vengeance. Maintenant qu'elle avait entendu les arguments du gendarme de Villefranche et les affirmations du docteur, elle se sentait envahie de doutes. Si ce malheureux gosse n'était pas le meurtrier de Maja...

Sans s'être rendu compte qu'elle s'était mise en marche, elle courait déjà vers le sentier du bord de l'eau. Elle avait depuis longtemps perdu l'habitude de courir. C'était bon au temps où, jeune épousée, elle s'enfuyait en riant aux éclats, pour faire mine de vouloir échapper à son faune de Polack, qui la poursuivait et la rattrapait dans la luzerne. Ce soir, elle courait à l'économie, parce qu'elle s'était un peu alourdie, et que le souffle lui manquait. Les poings serrés sur sa poitrine qui ballait dans son corsage, la bouche ouverte, elle happait machinalement de l'œil une échappée de ciel étoilé dansant entre les cimes sombres des arbres, ou le miroitement d'un remous de la rivière.

Elle était aveuglée par une idée fixe, arriver à temps pour empêcher Anton de commettre une folie. Parfois, des pensées annexes, aussi vite éteintes qu'arrivées, venaient se greffer sur son obsession. Elle avait promis au gendarme que personne de sa famille ne se servirait d'un fusil pour se venger. La naissance de ce Gaston qu'elle avait elle-même baptisé Attila, devant ce vieux docteur qui s'appelait... ? Attila chantant à Paderewsky *La Vie en rose* que lui avait apprise Marie-Jeanne. Cathalès, le docteur s'appelait Cathalès !

Peut-être parce qu'elle avait inconsciemment reconnu, à la rareté des buissons à main droite, qu'elle arrivait à l'entrée de Ravejouls, ou simplement parce que son cœur battait au bord des lèvres, elle se mit au pas, puis se plia en deux, mains aux hanches, en hoquetant, à la recherche de son souffle.

Qu'elle soit arrivée jusque-là sans avoir entendu de coup de feu lui parut de bon augure. Elle se décida pour une action directe, persuadée qu'Anton s'était tout bonnement tapi en embuscade quelque part entre la grange et l'étable des Martiel. Elle ne pensa pas un instant qu'il pouvait se tromper de cible et tirer sur elle, ni qu'en alertant ses voisins elle risquait de les faire sortir en pleine vue.

Le dieu de la chance, qui avait décidé de favoriser son entreprise, prit à ce moment la forme du corniaud, qui, dans sa paresse ou la profondeur de son sommeil, avait négligé l'approche plus discrète du Polack. Cette silhouette qui approchait dans sa cour était inconnue ou du moins oubliée ; Rose n'était pas venue là depuis des années. Son arrivée déclencha une colère tonitruante. Dressé sur ses pattes comme un coq au réveil, à bout de chaîne, le malheureux gardien aboya cinq minutes d'affilée, sans faire broncher qui que ce fût dans la maison, dont la porte demeura close.

Rose s'était approchée presque à se faire mordre ; souhaitant être reconnue par qui sortirait en haut des trois marches du seuil. À peine perceptible entre les accès de fureur du chien, une voix la héla depuis l'angle de la cour qui donnait sur la friche.

En aveugle, éperdue, elle courut vers cette voix jusqu'à ce qu'une main nerveuse la saisisse sans ménagement.

— Bon Dieu ! Qu'est-ce tu faire là, ragea Anton, aussitôt submergé dans les bras de sa femme, qui l'embrassait au petit bonheur, sanglotante.

Lui la tenait plaquée contre le mur de planches d'un appentis, et la secouait comme s'il en attendait une réponse sensée, alors qu'ils étaient tous deux en plein délire. Cette fois encore, malgré la peur qu'elle venait d'éprouver, ce fut elle qui reprit la première conscience de l'endroit où ils se trouvaient, du silence hostile de ceux de Ravejouls, et des hurlements du corniaud, qui paraissait décidé à aboyer toute la nuit.

— Viens, Anton, ne restons pas là. Rentrons chez nous.

— Je peux pas. Je veux pas. Il faut je tue ce fou qui a tué ma fille !

Les dénégations d'Anton, convulsives, secouées

de sanglots secs, trahissaient la longue descente aux enfers qui l'avait amené, au cours de cet après-midi de chagrin solitaire, à cristalliser sa haine sur l'évident meurtrier, et à décider d'appliquer la loi du talion.

— Non, Anton, ce n'est pas lui, le coupable. Le gendarme a dit que c'était impossible. Viens, Anton, laisse-le tranquille, rentrons chez nous.

Elle mit très longtemps, en encouragements chuchotés, accompagnés par les grondements du chien qui se calmait lui aussi, à sortir son mari de cette espèce de transe à éclipses. Tantôt il la repoussait et cherchait à reprendre seul le contrôle du fusil qu'elle avait croché dans l'obscurité, tantôt il larmoyait sur son épaule, et l'adjurait de le laisser faire. Mais petit à petit, c'était elle qui prenait le dessus, et l'attirait vers la sortie de la cour, en longeant les communs silencieux.

Il eut une dernière réaction quand ils arrivèrent au sentier, sur la berge même de l'Alzou. Comme s'il avait été pris d'une crise de folie, il se débattit, cherchant à s'arracher aux mains qui se cramponnaient à sa veste et à son arme, insultant cette mère qui n'aimait pas assez sa fille pour la venger. Alors, de toute sa force, à l'estime car la nuit n'était pas très claire, elle le gifla ; ce n'était même pas une réaction raisonnée, juste un geste réflexe, qui eut pourtant un résultat quasi chirurgical, comme si elle lui avait d'un coup arraché la tumeur qui le faisait délirer. Il lâcha son fusil et tomba à genoux dans l'herbe. La tête appuyée sur les cuisses de Rose, les bras autour de ses reins, il atteignit enfin la phase des larmes d'apaisement.

Elle n'avait pas conscience d'avoir remporté une victoire. Attentive plus que jamais aux grondements atténués du corniaud qui menaçaient encore les intrus dont il avait triomphé, elle guettait les réactions des Martiel. Ils ne pouvaient pas ne pas avoir entendu le vacarme, les aboiements, les cris d'Anton, ses propres objurgations. Personne pourtant ne donnait signe de vie, comme s'ils s'étaient décidés à soutenir un siège. Un instant, elle pensa que c'était une attitude de coupables. Puis elle mesura combien Jules et Noémi, du moins, devaient craindre qu'on ne s'attaquât à Gaston. Quelques heures plus tôt, n'était-elle pas elle-même toute prête à mener la chasse au fou ? Anton ne venait-il pas de préméditer un meurtre ? Elle se sentait désespérément lasse, mais elle trouva la force de relever son mari et de l'entraîner le long de la rivière.

Le bras d'Anton sur les épaules, elle le guida vers Castelvieil, en lui racontant, d'une voix neutre qui l'engourdissait, ce qu'elle avait fait depuis qu'ils s'étaient quittés au début de l'après-midi, son travail rageur au potager, « pour fatiguer sa peine », sa longue conversation avec le gendarme et le docteur de Villefranche, qui innocentaient d'office le mongolien, la désolation d'Alexandre, auquel ils devraient tous deux donner l'exemple d'une résignation de surface. D'abord incertain, le pas d'Anton à son côté devenait plus assuré, et, sur ses épaules, le poids de son bras s'était fait plus vivant.

Quand ils arrivèrent chez eux, la lumière brillait

dans la grande salle, mais le feu rallumé charbonnait dans l'âtre, sous la poêle de fonte. Dans un bol de faïence, sur la table, quelques œufs mal battus achevaient de se délier. Alexandre ne les avait pas attendus. Ils n'avaient faim ni l'un ni l'autre.

Dans leur chambre, qui était pour eux, depuis vingt ans, à la fois refuge et chapelle, ils s'abattirent sur le lit, rompus. Et parce qu'elle ne connaissait pas d'autre moyen de consoler son homme, elle se laissa dévêtir, et aimer avec une fièvre amère.

Plus tard, contre le grand corps sec d'Anton, qui dormait en s'agitant dans ses cauchemars, elle resta longtemps éveillée, les yeux perdus et le cœur vide.

8

Tout le monde, à Villefranche, s'accordait à dire qu'Antoinette Sire était une jolie fille.

Chez les personnes d'âge, qui fréquentaient la mercerie de la rue de la République, que madame Sire mère gérait tant bien que mal, Antoinette passait pour une jeune personne pleine de vivacité, qui n'oubliait pas la déférence due aux aînés. Les vieux messieurs s'émouvaient en silence qu'elle ne cherchât pas à cacher la rondeur lisse de ses jambes quand elle grimpait à la grande échelle qui menait aux casiers du haut, pour dénicher un bouton de corozo dépareillé. Les vieilles dames étaient sensibles à l'intérêt qu'elle portait aux récits de leurs souvenirs d'ouvroir paroissial, du temps de sa grand-mère, Étiennette Sire.

Les Villefranchois d'âge mûr étaient plus divisés. Les mâles la trouvaient appétissante, « en tout bien tout honneur », mais leurs épouses retenaient mal leur jalousie. Leurs soupçons engendraient des ragots qui revenaient aux oreilles des maris, secrètement ravis de voir se lever un gibier sous les aboiements de leurs femmes.

Quant à la jeunesse, qui se retrouvait dans les rares lieux de distraction offerts à ses loisirs, elle était partagée. Ses petites camarades lui en voulaient de sa fraîcheur et de sa faciliter à se coudre des robes «*avecque rieng*»; elles se plaignaient surtout qu'elle eût tendance à séduire leur flirt attitré. Les garçons se répartissaient simplement entre ceux qui la disaient «drôlement chouette», parce qu'ils espéraient s'en faire élire, et ceux qui crachaient du fiel, candidats éconduits, soupirants rejetés ou timides aigris.

Pour l'heure, le cœur de la jolie Antoinette était occupé. Par les deux voisins de l'Alzou, Jules Martiel et Alexandre Falgoux. Ce dernier semblait depuis quelques mois l'emporter; exactement depuis que Jules avait demandé, avec une inconsciente goujaterie, à la chère Antoinette ce qu'elle lui conseillait pour séduire la «merveilleuse» Marie-Jeanne. D'un bal de village à l'autre, la fréquence de ces confidences avait tellement agacé la conseillère qu'elle avait fini par répondre :

— Hé bé! Si elle te plaît tant, épouse-la, ta petite bonne sœur!

Et voilà que cet imbécile l'avait écoutée! L'avant-veille, elle l'avait vu descendre le cours de Gaulle comme un fou, sur son vélomoteur. Il l'avait saluée de la main, un rire idiot aux lèvres, et l'avait crucifiée :

— Ça marche! On va se marier!

Elle se consolait en se disant que le faire-part était

un peu bref; et aussi parce que, tout compte fait, Alexandre avait aussi bien des qualités.

Madame Sire, la veuve, était allée passer la journée à Cordes, pour visiter une vieille tante.

Quand la clochette de la porte d'entrée tinta dans la mercerie, Antoinette était en train de mesurer quatre-vingt-dix centimètres de gros-grain blanc, sous le regard attentif d'Alice Barvejols, qui avait longuement tergiversé avant de se décider à cette emplette.

— Tu comprends, petite, avait-elle expliqué, je veux me faire une jupe avec la vieille robe marron de ma mère; autant dire que le tissu me coûte rien. Je voudrais pas que ton gros-grain me revienne plus cher que je peux y mettre.

Après dix minutes de palabres, la jeune mercière avait emporté la décision, en acceptant de rogner dix francs[1] sur le prix habituel. Alice était satisfaite, même s'il n'avait pas été possible, à cause de l'épaisseur de sa taille, de rogner aussi sur la longueur du ruban.

— Pour ce qui est de la fermeture Éclair... commença-t-elle.

Étonnée par l'interruption de sa pratique, Antoinette leva les yeux du mètre gravé sur la table blonde de son comptoir. La grosse Barvejols paraissait sur le point d'étouffer. De joie, comme un maître chanteur patenté mettant la main par hasard sur un jeu

1. En anciens francs, nous sommes en 1960, avant le franc Pinay.

de photos compromettantes. Elle couvait du regard, avec ravissement, le jeune bellâtre qui se tortillait auprès du tulle masquant la vitrine. Comme la visite de ce voyou d'Espérandieu Caspegoux était riche de possibilités, alors que la pôvre madame Sire n'était même pas dans sa boutique !

Antoinette, au risque de grossir encore l'orage de ragots qu'on pouvait attendre d'une telle situation, montra qu'elle n'entendait pas paraître gênée pour si peu. Elle rit poliment, en plaisantant sur les jeunes gens célibataires qui devaient recoudre leurs boutons eux-mêmes. Malheureusement, Espérandieu ne comprit rien à cette histoire de boutons.

— C'est pas ça, Antoinette, dit-il. J'ai quelque chose à t'annoncer, à propos de Jules Martiel et de la sœur d'Alexandre.

Le cœur d'Antoinette manqua un battement. Furieuse contre cet imbécile, qui disait n'importe quoi devant n'importe qui, furieuse contre l'acheteuse de gros-grain, qui roulait des yeux d'inspecteur de police, furieuse contre elle-même, qui ne pouvait cacher son trouble.

— Monsieur Caspegoux, jeta-t-elle sèchement, attendez votre tour. Vous permettez tout de même que je finisse de servir mademoiselle Barvejols.

— Mais non ! s'exclama celle-ci. Je ne suis pas pressée, petite. Occupe-toi de ce garçon ; il a l'air de vouloir te parler de quelque chose d'important. N'est-ce pas, jeune homme ?

— Et comment ! opina l'intrus, qui ne voyait pas de mal à annoncer le premier la nouvelle qui allait bouleverser toute la région. Eh bien, la sœur d'Alexandre a été tuée, et les gendarmes ont arrêté Jules. Comme je sais que tu le connais de près, j'ai voulu t'avertir.

Malgré ses allures de séducteur professionnel, Espérandieu n'avait jamais obtenu d'Antoinette autre chose que des rebuffades. Il n'était pas mécontent de lui rabattre le caquet. Et pour faire bonne mesure, il rajouta un renseignement qui transporta Alice Barvejols au septième ciel des commères :

— Tiens-toi bien, il paraît que ton Jules, c'est le fils de Lacantour, le photographe !

Cette double ration de scandale fit s'envoler la Barvejols comme une abeille gorgée de pollen. À peine prit-elle le temps de dire à la cantonade qu'elle reviendrait plus tard prendre son petit paquet, pour ne pas déranger davantage mademoiselle Sire au milieu de ses ennuis.

Insensible à cette pique, Antoinette se cramponnait à son comptoir, atterrée tout autant par l'idée que la sœur d'Alexandre était morte, assassinée, que par la nouvelle de l'arrestation de Jules. Jamais elle n'aurait pensé que Jules pût être coupable d'un meurtre. Elle récupéra vite. Et, surtout, elle se refusa à donner à ce malveillant de Caspegoux, qui se croyait irrésistible depuis qu'il avait fait son service en Allemagne comme un planqué, le spectacle de son désarroi.

Elle leva des yeux méprisants sur le joli cœur, qui la considérait d'un air chafouin :

— Tu pourrais peut-être m'expliquer comment tu es au courant de tout ça, toi ? C'est pas dans le journal, quand même ?

Il raconta, avec un sentiment de triomphe, pourquoi il avait été ce matin à Castelvieil, et qu'il y avait appris la bâtardise de Jules et la découverte du cadavre de la fille du Polack.

— Pour l'arrestation, conclut-il, demande-toi donc pourquoi, il y a à peine une heure, ton petit copain était encore passager, sur le siège arrière, dans la voiture de la gendarmerie qui roulait pleins gaz sur la promenade Saint-Jean. Je l'ai vu de mes yeux.

Cette fois il avait maté cette pimbêche, estima-t-il. Il crut pouvoir profiter sur-le-champ de son avantage et posa une main consolatrice sur les doigts tremblants d'Antoinette, crispés sur le bord du comptoir. Elle se dégagea d'une secousse, délivrée de sa stupeur par ces avances malvenues.

— Merci d'être passé au magasin, lâcha-t-elle, dans une assez mauvaise imitation de désintérêt hautain. De toutes tes malveillances, je retiens que la fille a eu un accident et que les gendarmes interrogent Jules qui a peut-être été témoin. Il m'avait dit qu'ils allaient se marier, tous les deux. Quant à l'histoire Lacantour, mon vieux, ce n'est pas une nouvelle ; je le sais depuis des années. Alors va raconter tes bêtises ailleurs, et n'invente pas ce que tu ne sais pas. Ouste.

Il n'osa pas l'arrêter quand elle contourna le comptoir et alla elle-même lui ouvrir la porte. Trois personnes, qu'il ne connaissait pas, étaient arrêtées devant la papeterie, sur le trottoir d'en face ; il pensa que s'entêter serait préjudiciable aux nouveaux projets qu'il venait de concevoir à propos d'Antoinette

Sire. Mieux valait jouer la patience, en véritable ami prêt à servir de recours. Tête haute, quoique en se donnant l'air d'un incompris, il sortit de la mercerie Sire et descendit la rue de la République, vers l'Aveyron.

Ce qu'Antoinette appelait l'« histoire Lacantour » n'était peut-être pas une nouvelle, mais elle était en passe de devenir une information.

La technique de diffusion d'Alice Barvejols y avait pourvu, en moins d'un quart d'heure. Une commande à déposer à la boucherie des Arcades et un passage à la boulangerie Dormeuil pour y acheter une fougasse lui avaient permis de déclarer innocemment devant une dizaine de clients que « ce Lacantour, vous savez, le mari de cette pauvre Mariette, était le père "putatif" d'un jeune paysan qui venait d'être arrêté pour meurtre ». Alice ignorait le sens du mot putatif, mais elle lui avait trouvé un air suffisamment vicieux, qui correspondait exactement à ce qu'elle voulait suggérer.

Elle avait décidé de terminer sa première opération de publicité en allant surprendre à son travail sa meilleure amie, vieille fille elle aussi, qui officiait comme chaisière à la collégiale Notre-Dame. Cette brave femme étant sourde, il faudrait lui répéter les choses, d'une voix assez forte pour être répercutée par l'acoustique de la grande nef, jusque dans les petites chapelles adjacentes, où somnolaient nombre de Villefranchoises d'âge.

Un peu poussive, mademoiselle Barvejols soufflait

sous le porche majestueux de l'église, quand elle vit, à l'angle opposé de la place, la petite Sire qui s'engageait sous les arcades, en direction, c'était facile à deviner, du Studio d'Art Lacantour. Il y avait sûrement de grandes possibilités de glaner de nouveaux renseignements en allant traîner là-bas. Pourtant Alice s'en tint à son programme initial, et entra dans l'église d'un pas assuré. Elle préférait ne pas affronter maintenant la pauvre Mariette.

Depuis que le bâtard de son époux était venu tambouriner au volet du magasin, en pleine nuit, Mariette avait senti proche la ruine de ses longs efforts de respectabilité. Le tapage avait réveillé tout le quartier, et Paulo Paillas, le voisin quincaillier, curieux comme un écureuil, n'avait pas été le seul à se mettre à sa fenêtre pour regarder partir le photographe aux aurores. Privée de renseignements, Mariette avait tant bien que mal gardé sa dignité sous les assauts de ses voisines, qui avaient défilé durant toute la matinée, subitement intéressées par les travaux de photographie. Mais quand la Renault bleue de la Gendarmerie reconduisit François jusqu'au coin de la place, juste avant le déjeuner, la malheureuse comprit que le scandale était inévitable. Elle en fut si affectée qu'elle ne trouva rien de définitif à lancer à la tête de son mari quand il lui rendit compte, sans précautions oratoires, de tous les détails de son équipée.

Mariette ne manquait pas de cœur au point de n'être pas horrifiée par le sort de Marie-Jeanne, mais elle était bien plus désespérée à l'idée que la paternité de François avait été proclamée publiquement par la gendarmerie. Jamais plus elle ne serait autre chose qu'une épouse bafouée !

Quand François, si désagréablement abattu qu'on pouvait se demander s'il avait une responsabilité dans cette macabre histoire, se réfugia dans son atelier, sans vouloir manger sous prétexte de rattraper sa matinée perdue, Mariette verrouilla la porte du magasin. Elle ne pensa même pas à manœuvrer le store de la vitrine pour éviter d'être vue du dehors ; elle s'assit sur le canapé prévu pour les clients, les mains entre les genoux, la tête vide, les yeux fixes.

L'heure d'ouverture, fixée par pancarte à quatorze heures trente, était passée de beaucoup quand les premiers auditeurs d'Alice Barvejols vinrent manipuler la poignée de la porte. L'immobilité visible de la maîtresse des lieux, sur le canapé où l'excès de sa désolation avait fini par l'endormir, laissa supposer aux malveillants que de nouveaux développements dramatiques avaient fait de la maison Lacantour un haut lieu de la criminalité. Ce n'est que vers quinze heures que Mariette s'ébroua, la bouche amère et le cœur en palpitations. Elle jeta un regard furieux à la porte de verre derrière laquelle s'impatientait une pratique qu'elle mit du temps à reconnaître. N'était-ce pas cette dévergondée d'Antoinette Sire ? Elle eut la faiblesse de donner un tour de verrou pour ouvrir son magasin, bien décidée à repousser les assauts des curieux. Elle n'eut pas le temps de trouver assez de souffle pour chasser l'intruse que celle-ci l'avait déjà écartée du bras, avec une grossièreté révoltante.

— Votre mari est dans son atelier, madame Lacantour ? Il faut que je lui parle d'urgence !

Le rideau de perles bruissait avec une énergie anormale, et la porte de l'atelier vibrait sous le poing de la visiteuse, malgré le signal de la lampe rouge, quand Mariette se précipita pour tenter de retenir l'insolente. La porte s'entrouvrit, et les yeux pâles et inquiets de François fixèrent sa femme par-dessus l'épaule d'Antoinette.

— Entrez, ma petite, dit-il, il est arrivé quelque chose que vous devez savoir.

Pour sa femme, qui se préparait à pénétrer aussi dans son asile, il ajouta, avec une cruauté inconsciente :

— Laisse-nous, s'il te plaît ! C'est une histoire qui intéresse uniquement les amis de Jules.

La longue délibération du photographe et de la jeune mercière les avait convaincus qu'il fallait s'adresser directement aux gendarmes pour avoir des nouvelles exactes. Il était six heures et demie passées quand l'adjudant revint de sa journée de plein air. Le commerce du docteur Flavien l'avait énervé et la perspective du rapport à faire au juge d'instruction achevait de gâter son humeur. Aussi avait-il l'intention de se débarrasser au plus vite des deux visiteurs annoncés par Dubreuil.

— Avez-vous arrêté mon fils ? demanda Lacantour.

— Qui vous a dit que je l'avais fait ?

— C'est un ami commun qui m'a affirmé que Jules avait été emmené par vos gendarmes en voiture, au début de l'après-midi.

Antoinette était entrée dans la bataille avec pugnacité. Combes trouva la fille jolie, constata qu'elle avait l'air passionnée par sa cause, et se demanda comment le jeune Martiel, qu'il avait pour sa part trouvé un jeune homme quelconque, réussissait à séduire d'aussi belles amies que cette jeune personne et la malheureuse Marie-Jeanne.

— Je voudrais savoir qui est cet ami si bien renseigné, sourit-il.

— C'est Espérandieu Caspegoux. Il est passé au magasin pour m'annoncer que la sœur d'Alexandre avait été tuée et que Jules était en prison.

Combes eut un haut-le-corps. Ce Caspegoux avait été renvoyé ce matin de Castelvieil alors que le cadavre n'avait pas encore été officiellement découvert. Comment pouvait-il savoir que Marie-Jeanne était morte ? Avait-il buté sur son corps en traversant l'île, et menti ensuite sur son itinéraire pour ne pas être soupçonné, ignorant que le gué de Ravejouls n'existait plus ? Ou, bien pire, était-il ce quelqu'un dont le mongolien avait affirmé la présence sur le lieu de l'agression ?

L'adjudant, qui avait cru pouvoir s'accorder le temps d'aller dîner avec Claire et les enfants, jeta son képi par-dessus le comptoir et soupira. Il n'était pas question de risquer qu'un pareil témoin prenne envie de disparaître.

— Je crois, dit-il avec urbanité à la jeune personne qui le regardait avec des yeux flamboyants, que je vous dois des remerciements. Et aussi l'assurance que Jules est libre, chez lui, à Ravejouls. Je suis à peu près sûr qu'il est innocent.

Il ne comprit pas lui-même quel mécanisme de son esprit le poussa à ajouter :

— Ainsi d'ailleurs que son Attila de frère, malgré les apparences.

9

— S'il n'y a pas trop d'ail, je prendrais bien des escargots, dit Caspegoux.

Assis à la première table à droite de la porte, la meilleure pour qui souhaitait regarder la place par la fenêtre, Espérandieu Caspegoux aurait pu donner l'illusion d'un quelconque jeune employé ou représentant de commerce. Il n'était pas affublé de sa sempiternelle combinaison blanche à fermetures Éclair, mais portait un honnête complet gris, qu'il avait acheté chez *Thierry* trois mois auparavant, au cours d'un voyage à Toulouse.

Néanmoins son air de jeune homme comme il faut ne correspondait pas à sa coiffure gominée. Ni aux chaussures jaunes qu'il étalait de l'autre côté de sa petite table, vautré qu'il était sur sa chaise cannée. La nièce de la propriétaire, qui servait là depuis presque un an et qui commençait à se faire une idée du client idéal, avait de plus en plus de doutes au sujet de ce client-là. Elle avait trouvé familier qu'il posât la main sur son épaule, en arrivant, et s'énervait de sentir le poids de son regard épais sur son décolleté.

— Pas de chance, répondit-elle, les escargots sont toujours pleins d'ail, ici.

— Alors, donnez-moi une blanquette.

Espérandieu n'était pas très sûr de lui. Comme à toutes les fins de mois, après avoir reçu son traitement, il se payait « un petit gueuleton » en solitaire, chaque fois dans un restaurant différent de Villefranche. Se croyant un homme à femmes, il avait calculé que ce vagabondage multipliait ses chances de rencontrer de futures conquêtes. Qu'il ait jusque-là échoué dans toutes ses tentatives, dans les gargotes de routiers de la route de Montauban comme dans les cafés-bars du quartier de la Poste, n'avait en rien diminué sa fatuité. Au fond, il s'accommodait aussi bien de l'absence de résultat, du moment que ces échecs restaient inconnus de la petite bande de jeunes au milieu de laquelle il jouait les Lovelace ; il leur racontait, avec fausse modestie, comment, au cours de son dernier « dîner », il avait séduit une femme du monde de passage. Qu'importait si les garçons restaient incrédules. Il y avait toujours une fille assez naïve pour le croire et le parer de l'aura d'irrésistibilité qu'il recherchait comme un brevet.

En cette fin avril, il avait tout de même visé haut en se fixant comme théâtre de son exploit le restaurant de l'hôtel du Globe. Il avait longtemps hésité, peut-être parce que le restaurant était au premier étage et qu'il craignait d'être gelé par une ambiance trop bourgeoise, que laissait présager la renommée locale du chef. Mais, en arrivant de bonne heure, il s'était trouvé être le premier client. La serveuse était juste assez accorte pour lui permettre de faire ses gammes d'échauffement. Bien qu'elle parût particulièrement revêche.

— Je crois qu'il n'y a plus de blanquette, annonça-t-elle, cachant à peine sa satisfaction, en revenant des cuisines.

Caspegoux n'osa pas la regarder de travers. Il avait eu le temps d'apprendre la carte par cœur.

— Tant pis, dit-il avec un faux entrain. Envoyez-moi les pieds et paquets !

D'un geste prompt, la fille lui confisqua la carte. Elle partit en faisant sonner ses talons, avec un déhanchement qu'Espérandieu trouva aguichant alors qu'il pesait sa tonne de mépris. Cette fois, il n'attendit pas plus d'un quart d'heure. Deux autres tables s'étaient garnies, et la même serveuse était venue saluer ces autres clients, qui paraissaient des habitués. Il avait vainement cherché à attirer son attention en levant une main timide, qu'elle avait superbement ignorée. Il n'avait rien commandé à boire. Après examen de ses poches, il n'avait rien à lire. Il essaya donc de meubler son attente des pieds et paquets en inspectant le décor, des plantes vertes en pots qui occupaient les coins de la salle aux timides aquarelles garnissant les panneaux de tapisserie à fleurs. Alors qu'il terminait son quatrième tour d'horizon, la serveuse revint, déguisée en équilibriste de cirque, une carafe d'eau et une panière d'osier dans une main, un poêlon de terre vernissée dans l'autre. Elle se débarrassa de son chargement sous le nez de Caspegoux avec une telle célérité qu'il n'eut pas le temps de demander une bouteille de vin. Elle était déjà retournée à son office.

En fait, elle s'était embusquée auprès de sa tante, qui surveillait son navire du haut de sa caisse-dunette.

— Ce type me fait peur, avait-elle confié lors de son premier repli.

Cette inquiétude n'avait fait qu'augmenter. La tante, qui s'était montrée lénifiante, « Voyons un client c'est un client », avait tout de même épié ce garçon qui prenait tant d'intérêt à l'aménagement de son restaurant, et qui ne savait que faire de ses mains.

À présent, elle admettait qu'il en émanait une gêne palpable ; il paraissait à la fois intimidé et agressif ; à ne pas provoquer.

Elle comprit que c'était un client à scandale, genre abhorré dans son établissement provincial à ambiance familiale, quand elle le vit se dresser soudain sur sa chaise, renverser son assiette pleine d'un revers de main et attraper la carafe d'eau.

— *Macarel dé diou !* cria-t-il, oubliant sous la brûlure des pieds et paquets son affectation de parler pointu.

— Tu ne l'avais pas prévenu que c'était bouillant ? souffla la caissière à sa nièce.

Derrière son épaule, la Petite ouvrait des yeux ravis en répondant que non de la tête. La tante rit aussi, par réflexe, et elle eut tort. Le rire ajouté à la brûlure fit s'envoler les inhibitions de Caspegoux. Les clients des autres tables s'étaient tus pour le regarder, et il crut lire dans ces regards qu'ils se moquaient. De sa goinfrerie, de sa tenue, de son manque d'aisance. Peut-être même attendaient-ils de voir s'il allait réagir en homme, ou se rasseoir comme un minable. Il voulut jeter sa serviette sur la nappe, d'un geste autoritaire, et s'énerva davantage encore de la voir tombée sur le parquet entre ses souliers jaunes. Il souhaita mettre dans ses yeux la mâle fureur qui l'habitait et traversa toute la salle à manger avec la fermeté de l'offensé qui va jeter son gant à la face de son insulteur. Quand il posa ses poings serrés sur la caisse, devant son nez, la caissière s'effraya de le voir si près d'elle, le visage blanc de colère. Sa vieille expérience commerciale la secourut.

— Excusez ma nièce, balbutia-t-elle, elle a oublié de vous prévenir que votre plat était très chaud !

La vue de cette vieille dame, de l'âge de sa mère qu'il n'allait jamais voir chez elle à Toulonjac, calma net les ardeurs d'Espérandieu. Dans ce visage poudré, à cinquante centimètres de lui, il lut l'effroi et le dégoût. Deux sentiments qu'il prétendait ne jamais inspirer aux femmes. Il se sentit amer et déçu, plus que vexé. Il n'aurait jamais dû quitter ses gargotes des bas quartiers.

— Je crois que je n'ai plus envie de dîner chez vous, dit-il enfin, d'une voix qui chevrotait un peu.

— Je le regrette, je le regrette, répondit précipitamment la caissière, soulagée et ravie de cette décision unilatérale.

Et comme elle ne souhaitait pas qu'il revînt sur son intention, elle ajouta :

— Comme finalement vous n'avez rien mangé, je

ne vous présenterai pas de note. Au revoir, monsieur.

Dans un état second, il traversa la salle à manger en sens inverse. Il sentait dans son dos le regard triomphant de cette pimbêche de serveuse et croyait entendre les ricanements des autres dîneurs. Quand il referma derrière lui la porte qui donnait sur l'escalier, il s'accorda quelques secondes pour reprendre son souffle. Puis il carra les épaules, extirpa un peigne de celluloïd de la poche intérieure de son veston, repeigna ses longs cheveux plats, et dévala les marches jusqu'au trottoir de la place de la République.

Pour une sortie ratée, c'était une sortie ratée. Il n'était pas huit heures du soir, mais il n'avait plus faim, et nulle envie de repartir en chasse. Pour une fois, il allait rentrer chez lui, dans la chambre qu'il louait au bout du quai du Temple. À une heure indigne d'un Don Juan.

Le sort des gens tient parfois à peu de chose. Ce soir-là, celui du jeune Caspegoux tint à la malignité d'une serveuse de restaurant, et au degré de température d'un plat cuisiné. S'il n'y avait eu combinaison de ces deux facteurs, il eût continué sa soirée assez tard pour regagner ses pénates sans faire de mauvaises rencontres. Au lieu de quoi, après avoir marché d'un pas assez vif tout au long du quai, insensible au frémissement de l'Aveyron grossi par les eaux de printemps, il atteignit le pavillon de monsieur Tibère, très vieux retraité des Chemins de fer, auquel il louait une chambre, juste au moment où un véhicule effectuait un demi-tour devant la porte. C'était la Renault de la gendarmerie, dépêchée par l'adjudant Combes, qui souhaitait entendre Espérandieu Caspegoux d'urgence.

— Je ne peux pas avoir de mandat avant demain matin, avait regretté l'adjudant devant König et Dubreuil. S'il ne veut pas vous suivre parce que l'heure légale est dépassée, vous surveillerez sa bicoque toute la nuit. Je ne veux pas qu'il nous file entre les doigts.

Pris dans le faisceau des phares, reconnu par l'œil pointu de Dubreuil, qui n'avait pas envie de passer sa nuit sur une banquette de voiture à côté de König, le locataire du père Tibère fut appelé avec urbanité à embarquer, juste pour fournir au bureau quelques renseignements sur ce qui s'était passé le matin au bord de l'Alzou.

— Écoutez, dit-il, j'ai raconté tout ce que je savais à votre chef, ce matin.

— Il paraît que non, sourit désagréablement Dubreuil. Montez donc.

Caspegoux commença à paniquer, quand la main épaisse du gendarme König lui saisit le coude. C'était une étreinte à laquelle on ne résistait pas.

Dans les locaux de la brigade, l'accueil lui fit un effet plus déplorable encore. Derrière son bureau, l'adjudant jouait les pète-sec et le regarda avec l'affection qu'il aurait portée à un dangereux repris de justice. Un gendarme dont il ne distinguait pas les traits, dans la pénombre, était assis contre le mur, un calepin sur les genoux et le stylo attentif. La poigne de König assit rudement l'invité sur la chaise de bois qu'éclairait peu charitablement une lampe de bureau nickelée.

— On se croirait dans un roman policier, voulut plastronner le malheureux.

Un regard de l'adjudant et une fausse quinte de toux dans son dos lui rappelèrent qu'il n'était pas là pour plaisanter.

— Caspegoux, dit la voix sèche de Combes, vous allez me répéter exactement dans le détail pourquoi et comment vous êtes allé ce matin au mas de Castelvieil. Je veux tout savoir, horaires, itinéraire, conversations avec des tiers, remarques faites en route, tout. J'écoute.

Espérandieu n'était pas homme à bâtir un roman. À peine était-il capable de construire un petit mensonge sur un point de détail. Pendant quelques secondes d'affolement, dont les marques furent aisées à lire sur son visage en pleine lumière, il chercha à se rappeler ce qu'il avait raconté dans la cour des Falgoux.

Il répéta qu'en allant prendre son service il avait failli être renversé par Jules Martiel, qui roulait comme un fou en vélomoteur. Le garçon lui avait parlé de la disparition de sa fiancée, Marie-Jeanne Falgoux, et lui avait demandé de se renseigner à son sujet pendant sa tournée jusqu'au Farrou.

— Connaissiez-vous la victime ? interrompit innocemment l'adjudant.

— J'ai dû lui parler quatre ou cinq fois, admit Caspegoux.

— Elle n'était pas une de vos conquêtes ?

— Ce n'était pas le genre, essaya de plaisanter joli cœur, qui sentait la glace monter dans ses veines, tant le ton de la question trahissait le soupçon.

Personne n'avait relevé sa dénégation. Ses interlocuteurs semblaient attendre patiemment qu'il continuât son histoire. Il eut conscience de ne pas retrouver son assurance, et poursuivit son récit avec circonspection. Il s'était arrêté chez les Falgoux pour demander quel service il pourrait rendre et c'est ainsi qu'il avait vu arriver la maréchaussée escortée de Lacantour.

— Mais vous aviez stoppé votre citerne nettement après le pont et le carrefour, interrompit la voix du greffier, depuis son coin d'ombre. En quelque sorte, en face de Ravejouls.

Ces enquêteurs n'étaient que des acteurs de seconde zone. Aucun ne sut masquer l'attention avec laquelle ils guettaient sa réponse. Espérandieu s'en affola davantage, ne comprenant pas ce qu'ils avaient relevé de faux dans ses explications du matin.

— Oui, c'est vrai, j'ai rangé mon camion sur le bas-côté et j'ai traversé l'Alzou au gué de Ravejouls, en amont de l'île de La Basse.

Il leva un œil inquiet sur l'adjudant, qui ne le regardait pas. Le gendarme de l'ombre, lui aussi, paraissait si peu concerné que le doute, un instant, envahit l'esprit du pauvre diable qu'ils cuisinaient. Ses tourmenteurs avaient paru attendre passionnément ce qu'il venait de dire, et s'en désintéressaient maintenant avec ostentation. Ils avaient certainement décelé qu'il y avait anguille sous roche, mais

Caspegoux ne trouvait pas ce qui les avait alertés sur son seul mensonge.

Il était en train de réfléchir à ce problème, et aux conséquences qu'entraînerait pour lui la découverte de la vérité, quand une nouvelle question de l'adjudant le cueillit à froid.

— Dites donc, vous n'avez pas la réputation d'un couche-tôt. Pourquoi étiez-vous prêt à rentrer vous coucher de si bonne heure ce soir ?

— Quand je touche ma paie du mois, je m'offre un dîner en ville en solitaire, et je rentre pour me reposer.

— Où dînez-vous, ces jours-là ?

— Je change tous les mois.

— Ce soir ?

— Au Globe.

Combes haussa les sourcils et releva la tête. Le restaurant du Globe, coté au Michelin, lui paraissait peu convenir à la rusticité et aux manières voyantes du personnage. Mais enfin, il fallait de tout pour constituer une clientèle. Il se fit presque aimable :

— Avez-vous bien dîné, au moins ?

Son interlocuteur eut l'air franchement gêné.

— Finalement, je n'ai rien mangé. Je n'aimais pas le menu, balbutia-t-il.

Le coup de menton de l'adjudant ne lui échappa pas. Évidemment, ils allaient contrôler cette histoire de repas manqué. Dieu seul savait ce que pourraient raconter sur son compte cette mijaurée de serveuse et cette vieille virago plâtrée. Il n'eut pas le temps de se laisser aller à sa colère. Son vis-à-vis changeait encore de sujet. Quelqu'un de plus retors que lui aurait senti que cet interrogatoire riche en méandres avait pour but de lui faire croire que rien de sérieux n'était retenu contre lui, et qu'il pouvait baisser sa garde. Caspegoux, lui, ne se méfia pas.

— Connaissez-vous une nommée Antoinette Sire ?

— Bien sûr, je l'ai vue encore aujourd'hui, dans son magasin.

— Je sais. Il paraît que vous lui avez annoncé l'arrestation de Jules Martiel. D'où teniez-vous ce renseignement ?

Le gendarme qui prenait des notes cocha la marge de son carnet d'un T.E.S. qui signifiait, dans son code personnel, « Trouble Évident du Suspect ».

— Je crois que j'ai moi-même pensé que Jules était arrêté quand je l'ai aperçu dans votre voiture cet après-midi. Personne ne m'a rien dit à ce sujet.

— Comme au sujet de l'assassinat de Marie-Jeanne Falgoux ?

Cette fois, l'inscription du greffier fut T.V.S., « Trouble Violent du Suspect ».

Le silence s'installa dans le bureau.

Espérandieu Caspegoux, qui avait tout de même compris qu'on était arrivé au clou de son interrogatoire, cherchait qui il pourrait accuser d'avoir lancé la nouvelle de cette mort.

— Non, ça, quelqu'un a dû me le dire, finit-il par répondre. Je ne me souviens plus qui.

Combes, lui, sentait le bout de la route, et se mettait au galop.

— Vous n'aviez pas besoin qu'on vous le dise, vous le saviez.

— Mais...

— Allons, Caspegoux, vous avez vu le corps ce matin même, avouez-le. En traversant l'île de La Basse, où vous étiez rentré par le gué d'amont, mais dont vous n'avez pu sortir que par le gué d'aval, parce que le vieux Martiel a fait sauter les rochers sur le bras nord en face de Ravejouls. Vous feriez mieux de le reconnaître, et de me dire pourquoi vous m'avez menti.

La réaction du garçon fut désolante de stupidité. Il commença par secouer la tête comme si on voulait le noyer, puis se tint le crâne à deux mains, en débitant, *crescendo*, une litanie de non, non, non, non, NON !

Combes se leva tranquillement, fit le tour de son bureau, et vint poser une main apaisante sur l'épaule de son souffre-douleur.

— Réfléchis cette nuit, Espérandieu. J'espère que tu seras plus raisonnable demain matin.

S'entendre tutoyé et appelé par son prénom désarma totalement le pauvre diable. Il se mit à pleurer, en regardant à travers ses mèches de cheveux qui lui couvraient maintenant le visage cet adjudant patelin qui avait l'air de tout savoir. Quand il comprit le sens de ce qu'il venait d'entendre, l'espoir arrêta ses larmes ; il renifla.

— Ah bon ? Je peux rentrer chez moi ?

— Mais non, mon garçon, nous n'allons pas t'imposer toutes ces allées et venues. Nous allons te loger dans une petite cellule où tu pourras dormir, si tu veux. Et tu pourras aussi chercher dans tes souvenirs ce que tu as bien pu faire hier en fin d'après-midi, et avec qui. J'aimerais le savoir.

De saisissement, Espérandieu Caspegoux se leva. Même dans l'état de nerfs et d'inquiétude où l'avait amené cette séance de questions, il réalisait enfin où voulait en venir le gendarme. Il le prenait pour l'assassin de Marie-Jeanne ! L'énormité de l'accusation était si évidente qu'il en retira du réconfort.

10

Malgré la discrétion des autorités, le meurtre d'une jeune fille de la campagne, à quelques kilomètres de Villefranche, avait alimenté les conversations de nombreux foyers au cours de la soirée. Alice Barvejols et ses pareils avaient suffisamment répandu la nouvelle pour créer déjà une légère angoisse dans le cœur des femmes obligées de sortir seules, dans le désert des rues. Et dans le secret des alcôves, les ménages discutèrent des malheurs du couple Lacantour, mêlé aux bacchanales prétendues des rives de l'Alzou. L'avenir de Mariette était résolument au scandale.

Le lendemain matin, trente-six heures environ après la mort de la victime, Combes était assez heureux de son sort. Il avait une piste, et un solide suspect !

Devant le bol de café qu'il partageait avec Claire, avant de se replonger dans ses dossiers et ses coups de téléphone, il se permit un peu d'autosatisfaction.

— À t'écouter, dit sa femme, on dirait que tu as trente-six suspects et non pas un seul. Tels que tu les as décrits, tous les Martiel m'ont l'air de sauvages. Et ce Lacantour, avec sa double vie ?

— Heureusement que tu me racontes ça en riant, dit Combes. Je pourrais te prendre pour une des infâmes commères du pays ! Mais tranquillise-toi. Je ne m'avancerai pas sans pouvoir prouver ma théorie.

Vers onze heures, forts du mandat que leur adjudant avait réussi à faire signer par le juge d'instruction, les gendarmes Dubreuil et Baringot se présentèrent au pavillon du sieur Tibère, afin de perquisitionner chez son locataire Espérandieu Caspegoux.

La femme de ménage du vieux monsieur les reçut avec un frétillement dans le regard.

— Alors, s'exclama-t-elle, vous voulez voir la chambre de votre prisonnier ? Hé bé, dites, qui aurait cru ce drôle capable d'aller nous étrangler une fille !

— Ne parlez donc pas de ce que vous ne savez pas, voulut sermonner Dubreuil.

— Par exemple, ricana la femme, tout le faubourg est au courant, et moi qui suis ici, sur place, je devrais rien dire ?

— Eh bien, dit Dubreuil, si vous savez quelque chose, dites-le.

La mégère leva son nez pointu :

— Mais voilà ! Je ne sais rien !

Quand la femme de ménage eut été renvoyée à ses balayages et sa vaisselle, Dubreuil et son acolyte passèrent la chambre de Caspegoux en revue, avec plus de curiosité que d'esprit de système.

Ils découvrirent, dans un bahut de bois blanc, quelques photos de nus artistiques, à la pilosité retouchée suivant la loi, qui avaient été découpées dans des revues spécialisées. Un des petits tiroirs de la commode contenait assez de lingerie féminine pour faire croire à l'existence d'un butin de corsaire du sexe, à condition de ne pas remarquer que quatre pièces sur cinq portaient encore les étiquettes des magasins où elles avaient été achetées. Dubreuil en tira une conclusion.

— Ce n'est pas un collectionneur, dit-il, c'est un maniaque.

Sur le marbre de la table de toilette, une escouade alignée de flacons variés, eau de Cologne, savon liquide anti-cambouis, shampooing, pâte à raser, fixateur à cheveux, trahissait l'homme soigneux de son corps et de son apparence extérieure. Quand il découvrit, dans un fond de placard, où peut-être devait être stocké le linge sale en attendant les jours de lessive, quelques chemises au col maculé de rouge à lèvres et quelques slips masculins brodés d'un cœur rose, le gendarme Baringot, qui avait aussi son idée sur la question, décréta :

— Ce n'est pas un maniaque, c'est un obsédé.

Ils ne trouvèrent rien de plus, si ce n'est, dans le tiroir de la table de nuit, enveloppé dans une demi-feuille de papier journal et camouflé sous quelques enveloppes vides, un objet que Dubreuil admira d'un long sifflement, qu'il montra à Baringot en mettant un doigt sur ses lèvres, et qu'il enfouit avec précaution dans sa sacoche de cuir réglementaire.

Quand ils prirent congé, le père Tibère, fin prêt habillé pour la journée sur une chaise du vestibule, essaya de leur raconter les tenants et aboutissants filandreux d'une histoire de viol qui s'était déroulée quarante ans auparavant, et qui avait mis en émoi tout le réseau ferré du Paris-Orléans. Il leur fallut beaucoup de patience pour apprendre du vieux monsieur que « non, le jeune locataire n'était pas un chaud lapin, qu'il ne ramenait chez lui aucune conquête du beau sexe et qu'il ne buvait pas ».

À deux cents mètres de là, le directeur de la Coopérative laitière du Rouergue, qui n'était pas un personnage important mais un brave homme qui n'employait que trois conducteurs de camions-citernes, une secrétaire vieille fille et un comptable, se désolait d'apprendre que l'arrestation de Caspegoux allait déséquilibrer son tableau de service.

— En principe, répondit-il au chef Vialatte qui officiait, mes chauffeurs rangent leur camion le soir à la Laiterie. Mais il arrive qu'ils le garent près de leurs domiciles, s'ils doivent commencer leur tournée plus tôt le lendemain matin. Je ne tiens pas registre de ces entorses au règlement. Pas plus que du kilométrage exact de mes camions. Chez nous, nous travaillons un peu en famille !

— En somme, demanda Vialatte, vous êtes incapable de nous affirmer qu'avant-hier après-midi votre employé Caspegoux n'utilisait pas son véhicule de travail pour ses besoins personnels ?

Le directeur en était incapable, en effet.

La quête de l'adjudant Combes n'avait pas apporté non plus des résultats probants. Il s'était réservé d'interroger le personnel du restaurant du Globe sur la soirée de la veille. Outre les noms et les adresses de quelques clients présents lors de l'esclandre de Caspegoux, il avait rapporté de sa visite les témoignages de la tante et de la nièce, qui avaient gardé du passage de leur excité du dîner des souvenirs plutôt désagréables.

— Il était beau garçon et timide, avait dit la vieille dame.

— Il était nerveux et obsédé, avait complété la serveuse.

— Il n'était pas à l'aise et il avait l'air dangereux, avaient-elles conclu.

Combes avait trouvé les deux femmes sympathiques, le cadre reposant et le menu, qu'il avait consulté à la va-vite, appétissant. Il avait donc réservé une table pour quatre. Le dimanche suivant, il ferait à Claire, Robert et Thi-Ba la surprise de les emmener déjeuner au Globe.

Le juge d'instruction était très satisfait de l'enquête éclair des gendarmes locaux. Il avait rendu comptc par express des résultats obtenus, et le procureur de la République paraissait d'accord pour une inculpation très proche. Joint à son bureau de Rodez par téléphone, le capitaine Dusar, qui commandait la gendarmerie du département, avait chaleureusement félicité le petit Combes, tout en lui recommandant de s'entourer de précautions pour éviter les erreurs de procédure qui pourraient faire le jeu de la défense, ou d'une certaine presse toujours prête à attaquer la maréchaussée. En somme tout était pour le mieux. Combes ne regrettait qu'une chose : Caspegoux n'avouait rien.

Plusieurs fois dans l'après-midi, il avait fait amener son suspect de la cellule à son bureau. Chaque fois, il avait proposé le scénario qui lui paraissait vraisemblable. Espérandieu s'était peu à peu résigné à en accepter la deuxième partie, mais s'était acharné à refuser d'admettre le principal. Sans aveux complets, la cause était boiteuse. Combes se décida donc à une dernière tentative.

Le garçon que König jeta sur la chaise devant lui n'avait plus grand-chose de commun avec le brillant séducteur des petits bals. Dépeigné, mal rasé, les traits tirés par l'insomnie, la chemise douteuse et le pantalon froissé et sans ceinture, Espérandieu avait l'air de ce qu'il était en réalité, un pauvre type pas très intelligent, velléitaire et avide de considération, qui aurait pu mener une vie honorable s'il n'avait été dévoré par la vanité. S'il n'avait eu constamment devant lui l'image de la jeune fille violée et noyée, Combes aurait eu presque pitié du coupable qu'il avait découvert.

— Ceci est votre dernier interrogatoire avant votre inculpation par le juge d'instruction, annonça-t-il avec toute la solennité qu'il jugeait capable d'impressionner son suspect. Quand je vous poserai une question vous répondrez par oui ou par non. Compris ?

Il croisa le regard de Caspegoux, et s'étonna d'y voir de la fermeté.

— Avant-hier, vers dix-sept heures, vous êtes allé au Farrou avec votre camion pour y rencontrer une de vos jeunes amies, qui était absente. C'est exact?

— Oui.

— Au retour sur Villefranche vous êtes passé par la route de l'Alzou, que vous connaissez bien, et vous vous êtes arrêté à hauteur de Ravejouls. Toujours exact?

— Non.

— Continuons. Vous êtes passé par le gué dans l'île de La Basse, d'où vous avez assisté à l'agression de Marie-Jeanne Falgoux par le jeune Gaston Martiel, quinze ans et mongolien, qui n'est pas arrivé à ses fins, mais vous a vu surgir, violer et noyer la jeune fille. Nous sommes d'accord?

— Je vous ai déjà dit que c'est du roman. Votre salopard d'attardé a fait le coup lui-même, je n'étais pas là, milledieux!

— Du calme, je n'ai pas fini. Le lendemain matin, profitant de votre rencontre avec Jules Martiel, vous êtes revenu à La Basse pour vérifier sur le terrain que vous n'aviez pas laissé de traces compromettantes. Vrai?

— Faux. Je suis passé là par hasard. J'ignorais que le vieux Martiel avait détruit la moitié du gué qui menait chez lui.

— Et c'est en passant là par hasard que vous avez vu le cadavre de la fille et que vous avez arraché de son doigt la petite bague rouge et bleu qui a été découverte dans le tiroir de votre table de nuit. C'est ce que vous affirmez ?

— Oui.

Cette fois la réponse d'Espérandieu était presque inaudible.

— Vous nous avez avoué avoir pris ce bijou, je cite, « parce que ça avait l'air joli et que ça ferait un beau cadeau pour une de vos conquêtes ». N'est-ce pas plutôt la veille, au cours du viol, que vous avez repéré cette bague et que vous avez décidé de la prendre ? C'est peut-être même parce que vous l'aviez oubliée dans votre affolement que vous êtes revenu la chercher là où vous saviez la trouver, sur le corps de votre victime.

— *Macarel*, gémit rageusement le garçon en serrant les poings sous son menton, il faut être cinglé pour inventer une histoire pareille !

— Est-ce qu'il ne faut pas être cinglé pour détrousser le cadavre aux trois quarts nu d'une jeune fille et aller ensuite tranquillement faire des propositions d'amitié à la famille de la morte ?

Cette larve, soudain, faisait bouillir l'adjudant. Les regards inquiets de Vialatte et de König le ramenèrent à la raison. De la main, il fit signe qu'on veuille bien enlever « ça » de son bureau.

III

11

Les obsèques de Marie-Jeanne furent célébrées à l'église Saint-Augustin, à Villefranche, six jours après la découverte de son corps. Elles avaient amené sur la promenade Saint-Jean, au débouché de la route longeant l'Alzou, une assistance hors de proportion avec la personnalité de la morte. Le bouche à oreille et surtout la presse régionale, émoustillée par le scabreux de l'affaire, étaient responsables d'une telle affluence à la cérémonie.

On avait pu lire de brillants morceaux de plume, mêlant le sexe et le goupillon, l'ancienne élève des bonnes sœurs ruthénoises et le sauvage violeur de plein air. Ailleurs, des pseudo-psychiatres se penchaient sur la culpabilité probable du mongolien de l'histoire ; ils décrivaient le garçon comme un mélange de Tarzan et de Dracula, à défaut d'avoir pu en publier une photographie. Il convenait de préciser que les photographes de presse qui avaient hanté les rives de l'Alzou avaient été mis en fuite par les patrouilles armées de Fernand et Jules Martiel.

Après cinq jours de cette intoxication, les participants aux funérailles se partageaient en chapelles d'irréductibles. Les uns croyaient *mordicus* à la culpabilité de Caspegoux, d'autres s'affirmaient prêts à aller lyncher le « monstre » de Ravejouls, ou du moins à l'enfermer dans un asile. D'autres encore penchaient pour un crime de rôdeur. Les plus imaginatifs parlaient d'un réseau de traite des Blanches.

Pour la plupart, les assistants étaient avant tout de braves gens, qui avaient été horrifiés d'apprendre qu'une jeune fille sage de dix-huit ans pouvait être ainsi martyrisée et tuée en plein jour, presque à leur porte. Ils étaient venus silencieusement pour accompagner cette enfant au cimetière, et pour que leur nombre apporte un peu de consolation aux parents, dont ils partageaient réellement la colère et le chagrin. Ils étaient plusieurs centaines, recueillis, murmurant, à piétiner dans l'étroite nef de l'église et sur le trottoir jusqu'au tournant de la rue Allibert.

Alice Barvejols était de ceux-là, oubliant ses ragots pendant quelques minutes dans l'émotion, et Paulo Paillas, qui avait fermé sa quincaillerie. Au fond de la nef, la tête couverte d'un foulard, Antoinette Sire pleurait en regardant par-dessus la foule le crâne penché de Jules, qui se tenait debout, dans les premiers rangs. Quelque part dans la masse, volontairement invisibles, Mariette et François Lacantour semblaient partager la même tristesse, bien que l'un fût en peine pour son fils et l'autre pour sa réputation.

À demi coincé contre le bénitier, soutenu par sa femme de ménage, qui égrenait à voix haute son chapelet avec la dévotion d'une fille de Marie, le père

Tibère, la médaille du Travail au revers du veston, représentait avec dignité les défenseurs de Caspegoux. Dehors, presque en lisière de cette assemblée, la propriétaire du Globe, accompagnée de sa nièce, avait fait un grand détour en revenant de son marché pour prier pour cette malheureuse dont l'assassin les avait terrorisées, le lendemain même de son crime.

Claire Combes et ses deux enfants, arrivés longtemps avant le début de la cérémonie, étaient au deuxième rang de l'assistance, juste derrière les membres de la famille.

Joseph lui avait assez parlé d'eux pour qu'elle comprît combien ces trois-là, tout raides dans leurs vêtements guindés du dimanche sur leurs chaises de paille, étaient loin de cette foule et de cette église sombre. Aux retards avec lesquels ils se mettaient debout, ou se rasseyaient quand la liturgie l'exigeait, on sentait que leur esprit se promenait quelque part au bord de la rivière, ou dans un de leurs champs, avec leur fille ou leur sœur. Ils ne bougeaient, comme tout le monde, auprès de cette caisse où on leur avait dit qu'elle était, que parce que c'était le rôle qu'ils avaient à jouer.

Le fils, Alexandre, regardait quelquefois vers sa droite, vers le cercueil couvert de dentelles blanches et de fleurs, comme s'il eût douté de la réalité de la cérémonie. Presque contre son épaule il entendait flûter la voix d'une des bonnes sœurs qui étaient venues, paraît-il, du pensionnat de Rodez, et qui montaient la garde, à genoux, autour de leur ancienne élève. En arrivant, Jules avait paru furieux de voir ces robes grises et ces cornettes. Avant de se couler à une place à droite du chœur, il avait glissé amèrement à Alexandre :

— C'est pas aujourd'hui qu'elles peuvent servir à quelque chose. C'était la semaine dernière que Maja avait besoin d'elles.

Rose, qui venait de croiser le regard désespérément serein d'une des sœurs, avait entendu la réflexion de Jules. Elle avait été frappée de trouver le garçon en si grande communion de pensée avec elle. Elle ne dirait rien de sa révolte, mais elle avait envie de crier à ces femmes résignées, et à tous ces gens derrière elle, qui croyaient sans doute lui apporter un réconfort, que Marie-Jeanne était sa fille, qu'elle n'avait rien de commun avec eux tous, qu'elle ne voulait pas qu'on allât enterrer sa fille au cimetière ! Bien sûr, ce n'était pas possible, mais si elle avait été libre de choisir, c'était auprès de leur maison, à Castelvieil, que Maja aurait dormi.

Comme s'il avait pensé la même chose, au même instant, Anton avait levé une grande main sèche jusqu'aux siennes, le temps d'une brève étreinte des doigts.

Derrière eux, Claire Combes avait entrevu ce geste furtif, et elle s'était sentie pleine d'admiration et d'envie pour cette compréhension conjugale. Elle s'était demandé, en se laissant aller dans le parfum des cierges et le ronronnement psalmodié de l'officiant, comment elle-même et Joseph réagiraient s'ils étaient frappés par le même malheur. La vue de Thi-Ba Clairette, qui dormait sur sa chaise, la réveilla de ces élucubrations morbides.

Anton, lui, ignorait superbement la musique moulinée par l'harmonium, les voix aiguës qui l'escortaient, les allées et venues du prêtre en chasuble noire à broderies argent, toutes les bougies allumées autour de l'autel. Il n'avait qu'une idée fixe depuis six jours. Pourquoi n'avait-on pas voulu lui laisser voir le corps de sa fille ? Quand il avait été enlevé de La Basse, on avait prétexté que les nécessités de l'enquête s'y opposaient. Et quand on le leur avait rendu, après la morgue et l'autopsie, le cercueil était déjà fermé. Peut-être avait-on voulu les protéger, lui et Rose ? Mais c'était ouvrir la voie à l'imagination, qui finissait par créer des images moins soutenables encore que la réalité.

Sans doute le plus jeune et le plus petit des deux enfants de chœur avait-il, comme Anton, une imagination fertile. Il avait dû entendre quelque conversation d'adultes au sujet de la jeune morte. Âgé d'une dizaine d'années, joufflu et rougeaud sous une touffe indisciplinée de cheveux noirs, il marquait une gêne évidente quand l'ordonnance de la cérémonie l'obligeait à frôler, des plis de sa soutane de deuil, la tête du cercueil qu'il n'osait pas regarder. Ses longs cils bruns masquant un regard pourtant fait pour le rire, il était si exactement un angelot recueilli que peu à peu sa silhouette était devenue la seule vivante aux yeux d'Anton. Apaisante, au point d'évoquer enfin le souvenir d'une Maja enfantine, courant dans la cour de Castel-vieil devant le jars qui menaçait ses mollets nus.

Un long moment, un demi-sourire aux lèvres, il caressa cette image surgie de sa mémoire, insensible aux murmures pieux de l'assistance, aux bruits de chaises remuées, à l'entame de l'harmonium qui donnait le ton pour le *Dies irae*. Il ne reprit conscience de ce qui se passait autour de lui que lorsque la main de Rose se cramponna à son coude. Il pencha la tête vers sa femme, se sentant coupable de l'avoir laissée en dehors de ses divagations. Il s'affola de la voir défaillante, le visage blanc et pourtant en sueur, les yeux clos, la bouche entrouverte à la recherche de son souffle.

Elle pesait soudain de tout son poids sur son bras, et peut-être fût-elle tombée si, derrière eux, une femme qu'Anton ne connaissait pas ne l'avait aidé à la soutenir et à l'asseoir sur sa chaise. Une des sœurs de la Visitation, auprès du cercueil, tourna un regard courroucé vers cette famille si peu respectueuse, qui manifestait un trouble indécent pendant que le thuriféraire, suivi de l'angelot qui tenait le pot d'encens, balançait à bout de chaîne sa fumée entêtante en égrenant les dernières prières.

Pliée sur sa chaise, mordue par une douleur aussi physique que mentale, Rose se réveilla lentement de son évanouissement. C'était sa seule défaillance publique depuis une semaine. Personne ne songea, hormis la conventuelle, à lui en vouloir de cette faiblesse. Elle-même en garda à peine le souvenir.

De ce jour-là, pourtant, Rose Falgoux avait cessé de se sentir une femme vivante. Anton se conduisait comme un petit retraité. Il travaillait à ses potagers sans aucun allant, mangeait et buvait autant qu'avant, mais sans appétit et sans soif.

Il n'y avait guère que dans sa façon d'aimer Rose qu'il avait retrouvé la verdeur de sa jeunesse. Comme si cette ardeur nouvelle pouvait obtenir de sa femme un autre enfant qui prendrait la place vide. Il ne l'avait jamais dit à Rose, et peut-être n'avait-il pas fait ce calcul. Elle ne croyait pas que ce regain de ferveur amoureuse fût simple question de sentiments, et elle voulait éviter de penser à une nouvelle grossesse pour laquelle elle se croyait trop âgée. Mais elle ne fit rien pour raisonner Anton ou tempérer son assiduité.

Ce qu'il y avait de triste dans leurs nuits, c'était ce rappel permanent au soir où il avait voulu tuer Attila. Après la satisfaction de son besoin physique, plus réflexe que désir, il restait silencieux, comme assommé. Et Rose, dans son détachement clinique et sa soumission quasi maternelle, jouait son rôle de consolatrice sans plus jamais retrouver son plaisir de femme.

Ils parlaient bien moins qu'auparavant, tous les deux, sans doute gênés de rencontrer le souvenir de leur fille dans chacune de leurs activités quotidiennes.

Au réveil, Anton restait piqué sur les trois marches de son seuil, mais il ne regardait plus les nuages de l'aube courir dans le ciel et, surtout, il refusait de s'intéresser aux humeurs de la rivière. Quand il était obligé d'emprunter le sentier qui menait au pont de l'aval, pour se rendre à bicyclette à Villefranche, c'était longtemps à l'avance qu'il se préparait à l'indifférence, à considérer ce déplacement comme une promenade en pays étranger.

Souvent, quand il était à demi endormi dans sa transe du petit jour, il évoquait, plus facilement que celui de Marie-Jeanne, le visage de l'enfant de chœur émotif de la messe d'enterrement de sa fille. De plus en plus, sans qu'il s'en rendît compte, un autre visage se substituait à celui de l'angelot, au-dessus de l'aube blanche et de la soutane noire. C'était celui d'Attila. Ce malheureux et repoussant Attila qu'il avait eu l'intention d'abattre, parce qu'il était le coupable idéal.

Le gendarme, qui était revenu plusieurs fois à Castelvieil après les funérailles de Maja, une fois même en compagnie de la femme qui l'avait aidé à soutenir Rose pendant la messe, lui avait peu à peu raconté tous les détails du dernier après-midi de sa fille. Il n'ignorait plus rien des tendres abandons dans les bras de Jules, des assauts instinctifs et repoussés de Gaston, et de la dernière agression que Combes assurait être le fait d'Espérandieu Caspegoux. Plusieurs jours durant, Anton en avait voulu à l'adjudant d'avoir ainsi transformé le portrait idéal qu'il se faisait de sa fille.

— Marie-Jeanne pas comme ça, avait-il protesté la première fois qu'il avait entendu l'histoire. Elle pas une fille à faire l'amour.

— Revenez sur terre, mon vieux, l'avait consolé l'adjudant. Toutes les femmes comme tous les hommes sont prêts à faire l'amour quand leur cœur ou leur corps les entraîne. Votre fille était comme tout le monde, et elle était assez belle pour faire aussi envie à des malades, comme Gaston ou comme son assassin.

Son cerveau de père avait longtemps cherché à comprendre comment avait pu fonctionner celui de Marie-Jeanne, cet après-midi-là. C'était sans doute un fond de jalousie compréhensible qui l'empêchait d'accepter les étreintes de Jules ; la participation volontaire de sa fille lui paraissait un peu une trahison.

Étrangement, il comprenait davantage l'épisode Gaston. Le gendarme lui avait expliqué que l'adolescent avait été spectateur des ébats des fiancés, et il se sentait d'autant plus capable de pardonner la brutalité de l'assaut que Maja s'était victorieusement défendue ; il avait fini par croire à l'innocence du mongolien, affirmée par les médecins.

Plusieurs fois, depuis qu'il en était arrivé à cette résignation, il était allé rôder aux abords de la friche qui séparait Castelvieil de Ravejouls. Sans son fusil, désormais. Rose lui avait fait promettre de n'y plus toucher. Il n'osait pas s'avouer qu'il cherchait à rencontrer celui qui avait été presque le dernier à avoir vu sa fille vivante. Il était certain, en tout cas, qu'il croyait avoir quelque chose à partager avec ce malheureux, qui avait aimé Maja à sa manière.

Tous les matins il rencontrait Jules, qui s'arrêtait à Castelvieil en allant à Villefranche, tenaillé par le besoin de parler de Marie-Jeanne avec Rose. Entre Jules et Anton, l'ambiance était beaucoup plus froide. Une fois pour toutes Anton avait décidé que le vrai responsable des événements était ce soupirant excité, qui avait débauché Maja, avec assez peu de discrétion pour l'offrir en cible à ses tourmenteurs.

C'était aussi la conclusion à laquelle était arrivé le jeune homme. Jour après jour, miné par ce sentiment de culpabilité, il se reprochait d'avoir abandonné sa partenaire sur le talus où il l'avait aimée, au lieu de la ramener chez elle, avec la reconnaissance qu'il eût dû lui montrer. Nuit après nuit, il cauchemardait sur ce qui s'était passé après son départ, tenant tantôt le rôle de Gaston, tantôt celui du violeur inconnu, qu'il avait du mal à affubler du visage de Caspegoux.

Il n'y avait guère, pour tenter de lui arracher ces idées sombres, que Rose, qui ne retenait de ce dramatique enchaînement que son sentiment pour sa fille. Lacantour, lui, prétendait que tout garçon normal de son âge eût agi comme lui.

Pour sa part, Alexandre n'arrivait pas à rétablir avec Jules leur bonne entente d'autrefois. Il ne pouvait croiser son voisin sans se souvenir qu'il avait été l'amant de sa sœur ; son sang de frère le poussait à la jalousie. Il ne pourrait plus jamais regarder Jules sans deviner sur sa peau la trace des baisers de Maja. Bien sûr ce n'était pas assez pour en faire un coupable, mais la gêne entre eux ne se dissiperait pas de sitôt.

— Ne m'en veux pas, avait dit Alexandre, honnêtement, mais je ne peux pas oublier ce qui est arrivé. Un peu par ta faute.

— Je te comprends parfaitement, avait répondu Jules à voix basse. Tu ne peux pas être plus désespéré que moi.

La première rencontre depuis le drame entre Anton et Attila avait à peine duré le temps d'un éclair. Anton revenait de la friche, encore une fois déçu de n'avoir pas entrevu Attila, que son père et sa mère gardaient peut-être sous clé. Il avait hésité à aller frapper à la porte des Martiel. Il aurait voulu expliquer à Noémi, autrefois une bonne voisine, qu'il n'avait plus de soupçons ni de haine contre son fils, qu'il voulait faire la paix. Mais il comprenait que l'esclandre de sa nuit de folie avait suffisamment inquiété les gens de Ravejouls ; il n'avait pas osé, ce jour-là encore, aller demander pardon de sa violence. Et voilà qu'en arrivant à l'entrée de la cour de Castelvieil, il avait reconnu, pataude mais rapide, la silhouette furtive du mongolien, près de l'appentis de Paderewsky. Il avait couru pour la rejoindre, mais le garçon s'était enfui jusqu'au couvert. Il avait appelé, mains ouvertes et bras levés pour montrer ses bonnes intentions. Sans résultat.

Le lendemain, il avait prétexté quelques achats de quincaillerie pour distraire Alexandre de la corvée de nourriture des cochons, et l'avait envoyé chez Paillas à Villefranche. Il avait attendu plus d'une heure, abrité derrière la soue. Soudain, Attila s'était matérialisé à quelques mètres de lui. Tel que dans ses souvenirs. Trapu et noueux, le crâne rond vissé sans cou entre les épaules, les cheveux hirsutes, le menton fuyant couvert de salive, le rictus de la bouche ouverte, les paupières bridées au-dessus des larges pommettes rouges. Mais pour la première fois depuis qu'il connaissait ce gosse, peut-être parce que c'était la première fois qu'il le regardait avec attention, Anton vit briller dans les yeux vifs fixés sur lui quelque chose qui ressemblait à de la curiosité.

Même s'il avait attendu cette rencontre, Anton n'avait rien prévu pour la prolonger. Il n'avait aucune idée du comportement à tenir pour nouer un contact. Peut-être en s'asseyant, à même le sol, pour montrer qu'on n'avait pas d'intentions malveillantes ? Quand Attila s'assit en face de lui, en prenant soin de ne pas réduire la distance qui les séparait, il se sentit exulter comme s'il venait de remporter une victoire. Il sourit, en réponse à l'expression béate qui illuminait le visage du garçon.

Ils restèrent ainsi de longues minutes, à s'observer sans dire un mot, satisfaits comme deux Indiens de tribus différentes après avoir fumé le calumet de la paix. Et quand l'adolescent, en se balançant sur son arrière-train, entama, de sa voix rauque et mécanique, une mélodie qui ressemblait d'assez loin à *La Vie en rose*, Anton se retrouva au bord des larmes. Paderewsky, le groin contre les planches de sa soue, accompagnait de grognements scandés les paroles peu reconnaissables que semblait gémir Attila, qui n'en comprenait peut-être pas le sens.

— Quandme tin dansé bra, parle touba, je vois...

Anton ne résista plus au chagrin qui lui nouait la gorge. Cette évocation simple et presque charnelle de sa fille le bouleversait. Le visage en pleurs, il murmura son nom.

— Maja !

Attila se dressa d'un coup, en s'arrêtant de chanter. Comme si le charme qui les avait unis tous deux venait de se briser. Il couina comme un animal battu, et s'enfuit, de son galop lourd et déjeté. Était-ce le son de la voix d'un homme qu'il se souvenait vaguement avoir classé parmi les méchants qui l'avait effrayé ? Ou le nom de celle qu'il ne retrouvait plus jamais dans son univers ?

Anton était resté assis. Il ne fit rien pour retenir le fuyard, ne l'appela même pas. Plus tard, il sortit de sa rêverie douce-amère, en entendant Rose qui le hélait du haut des marches.

— *Ven aqui*, Anton ! Il faut réparer la pompe du puits. Il n'y a plus assez de pression pour arroser les tomates !

Il se releva lentement, épousseta machinalement son fond de pantalon empoussiéré, se torcha le visage d'un revers de bras, calma d'un coup de pied dans les planches le verrat qui continuait à grogner, et retourna à ses inutiles occupations quotidiennes.

Les trois ou quatre rencontres suivantes se déroulèrent en pleine nature, uniquement voulues par le hasard. Elles ne marquèrent aucune progression sensible dans leurs rapports sous forme de conversations comme de partage d'émotion. Ce furent seulement des occasions de s'habituer l'un à l'autre. Anton prit conscience de l'humanité manifestée par celui qu'il avait toujours considéré comme incapable de penser, et Attila se convainquit que le grand homme blond, qui lui avait fait peur jusque-là, était incapable de brutalité à son égard. Pour le mongolien, habitué au secret dans ses déplacements et ses jeux, retrouver ainsi le Polack était une nouvelle source de plaisirs, comme la vieille découverte de ses renardeaux, aujourd'hui disparus. Il ne se confiait ni à sa mère, ni à son père, ni à Jules.

Il avait été plus difficile à Anton de ne dire à personne, pas même à Rose, qu'il avait maintenant des relations presque normales avec celui qu'il avait voulu abattre fin avril. L'espèce de ravissement paisible qui l'envahissait quand il échangeait des sourires avec Attila restait inexplicable, même pour lui. Il savait seulement que ce ravissement existait. Mais il gardait encore au fond de lui des traces de ce qu'il appelait «la peur du monstre», vieille empreinte sociale qui l'empêchait d'avouer son commerce avec un garçon du diable.

Ce secret si bien gardé vola pourtant en éclats, aux derniers jours de mai.

Alexandre était allé en ville avec Jules, convoqués tous deux à la gendarmerie à propos de leur appel sous les drapeaux, dont la date approchait. Anton s'était aménagé un semblant d'atelier d'affûtage entre les portes ouvertes de sa grange, pour préparer ses houes avant la future récolte des pommes de terre. Cette année, les Falgoux, dont les finances étaient difficiles, récolteraient à la main. Essayant d'ignorer la chaleur lourde de ce début d'après-midi, torse nu, il faisait chanter sa meule à pédale sous les lames des outils quand il perçut une présence. Peut-être à cause d'une ombre, peut-être à cause du raclement d'un pas sur la terre battue de la cour. Il se retourna. Attila était derrière lui, en sueur, avec un sourire qui n'était pas seulement celui d'une bouche béante, mais marque de plaisir, éprouvé ou attendu...

Jamais encore il n'y avait eu contact physique entre eux, mais, ce jour-là, par simple réflexe, Anton tendit la main ouverte vers le garçon, qui la regarda avec l'admiration qu'on met à contempler un cadeau. Puis la saisit avec force, gravement, en hochant la tête, imitation comique d'un adulte saluant un voisin. Sa mâchoire inférieure s'agita deux ou trois fois à vide, comme pour répéter les gestes qui permettaient de parler. Et les yeux dans les yeux de ce nouvel ami, il articula, avec componction :

— Po Lac, Po Lac ! Po Lac !

Il secouait si fermement le bras d'Anton, en égrenant ses Polack aussi mécaniquement qu'un jouet d'enfant, qu'Anton éclata d'un grand rire. Le premier rire depuis la mort de Marie-Jeanne. Un rire franc et bruyant, qui n'était ni déplacé ni vexant. Le rire d'un homme rattrapé par la joie de vivre. Et si communicatif qu'après quelques secondes de stupéfaction le mongolien rit aussi, comme on ne l'avait jamais vu le faire, la tête renversée en arrière, gloussant et salivant, en plein bonheur.

— As-tu soif, jeune Tila ? s'interrompit Anton. Polack bien boire un coup !

Les sourcils froncés, les lèvres toujours ouvertes, petit museau de gargouille, l'adolescent parut réfléchir à cette question importante, puis hocha la tête.

— Tila soif, conclut-il.

Main dans la main, l'adulte tirant l'autre qui lui arrivait à peine à l'épaule, ils traversèrent la fournaise de la cour. En traînant à demi les pieds, Attila tournait la tête vers son nouveau dieu, avec une telle béatitude confiante dans le regard qu'Anton rit encore, par dérision cette fois. Ou par gêne, devant cet excès d'adoration. Il se sentait, lui aussi, le cœur gonflé comme s'il allait recommencer sa vie, ou du moins une partie heureuse de sa vie de père, auprès de cet anormal de quinze ans, chez lequel il croyait retrouver les réactions de ses deux enfants quand ils étaient tout jeunes et dépendants.

Quand il ouvrit tout grand la porte en haut des marches, et qu'ils se silhouettèrent tous deux à contre-jour, Rose, de saisissement, lâcha sur les dalles le pot de grès qu'elle était en train de remplir de graisse d'oie. Elle n'eut pas le temps de récriminer contre la surprise, ni de gémir sur son pot cassé. Attila ouvrait de grands yeux sur cette maison dans laquelle il n'était jamais entré. Il n'avait pas peur, parce que le Polack lui tenait encore la main, mais il ne comprenait pas pourquoi Rose pleurait, une main sur ses lèvres tremblantes.

Anton apostropha sa femme, avec sa voix joyeuse d'autrefois, et un sourire retrouvé au coin des yeux :

— Patronne, dit-il, ce serait bien tu donnes à boire aux hommes. Il fait chaud et soif.

12

Depuis qu'il avait voulu se convaincre de la culpabilité d'Espérandieu Caspegoux, Joseph Combes traversait une période de mécontentement.

— Tu deviens difficile à vivre, avait constaté doucement sa femme devant le café matinal.

C'était de la mauvaise foi. Il essayait de ne montrer à personne son insatisfaction.

— Je suis débordé de travail, c'est tout, avait-il tenté d'expliquer.

Claire le connaissait bien, puisqu'elle avait diagnostiqué son mal profond.

— La vérité, c'est que tu n'arrives pas à boucler ton dossier d'accusation contre ton laitier. Et que tu sais que si ce n'est pas lui le coupable, tu devras te retourner contre le mongolien dont tu t'es entiché.

Cette passe d'armes avait achevé d'irriter l'adjudant. Il y avait découvert une Claire qu'il ignorait, assez froide de cœur pour lui faire grief de sa sympathie pour un enfant anormal. Pire encore, pour lui suggérer que le malheureux était le véritable assassin.

Le chef Vialatte et le gendarme Dubreuil subissaient le contrecoup de cet énervement. Debout dans le bureau du chef de brigade, ils passaient tous les trois en revue les résultats de leurs presque six semaines d'enquête.

— Nous savons que notre bonhomme s'est servi de son camion l'après-midi du meurtre, de façon tout à fait irrégulière, pour se rendre à un rendez-vous galant au Farrou... reprit Combes.

— Mais la dénommée Fabienne Cluche affirme qu'elle ne se souvenait pas de ce rendez-vous et que d'ailleurs elle était ce jour-là chez son dentiste à Villefranche. Elle ne peut donc pas servir d'alibi à Caspegoux, enchaîna Vialatte, soucieux de ne pas heurter son supérieur.

— N'empêche qu'il prétend être rentré chez lui bien avant la nuit parce que ses phares étaient en panne, objecta Dubreuil sans ménagement. Et d'après l'heure du meurtre fixée par le légiste, six heures quarante-cinq, rappelez-vous, je vois mal un assassin courir pendant au moins cinq minutes jusqu'à son véhicule et rentrer dans l'obscurité sur une route qui n'offre que des virages.

— Il peut parfaitement avoir créé sa panne après son retour, dit Combes. Et n'oubliez pas la bague.

C'était le point fort du dossier, ils en étaient d'accord. Et Espérandieu n'avait-il pas admis avoir arraché cette bague du doigt du cadavre et l'avoir dissimulée chez lui ?

Tout ce qu'ils possédaient d'autre n'était que présomptions, nées de l'auréole de cavaleur que leur suspect s'était lui-même tissée, d'un résumé de son dossier militaire, et d'un profil psychologique approximativement dressé par le docteur Flavien. Et des résultats de l'autopsie, qui concluaient à la réalité de rapports sexuels et à la mort par noyade.

Le chef Vialatte rompit le silence, qui soulignait cruellement leur manque d'imagination :

— Qu'en pense le juge d'instruction ?

Combes leva une main excédée :

— Il m'a dit qu'il ne pourrait pas envoyer ce garçon aux assises avec un dossier aussi faible. La seule chose qu'il accepte, c'est de l'inculper de vol, si quelqu'un veut bien porter plainte. Les Falgoux ne veulent rien entendre, persuadés qu'il mérite la guillotine et pas quelques mois de prison. Et Jules Martiel ne veut pas entendre parler de récupérer un jour cette bague, qui lui rappellerait un trop mauvais souvenir.

— C'était peut-être un bijou en toc, hasarda Dubreuil.

— Un toc de deux cent trente mille francs, ricana l'adjudant ; à en croire le patron de la Bijouterie Moderne, sous les arcades, qui l'a vendue à Martiel.

Les deux gendarmes ouvraient des yeux ronds.

— Où celui-là a-t-il trouvé autant d'argent ? souffla le chef.

— Cadeau du sieur Lacantour, expliqua Combes. N'oubliez pas qu'il est le père du fiancé. Il a pris les sous dans son tiroir-caisse sans en parler à sa femme, et il souhaiterait que ça ne s'ébruite pas. Donc, lui non plus ne portera pas plainte, bien qu'il soit le vrai propriétaire de la bague.

Cette fois le silence paraissait sans issue. L'adjudant continuait à froncer les sourcils, Dubreuil et Vialatte à faire semblant de réfléchir. Peut-être même à réfléchir réellement car Vialatte toussota, comme intimidé à la pensée d'ouvrir une nouvelle piste.

— Supposons que le photographe ait finalement regretté d'avoir ponctionné son magot. Ou que son acariâtre Mariette l'ait mis en demeure de rembourser. Il aurait pu chercher à récupérer la bague, aurait suivi son fils et ensuite attaqué la fille. Elle se débat, il la bouscule trop fort, elle s'assomme sur une pierre et se noie. Affolé, il la tire par le gué jusqu'à l'île et s'enfuit.

— En n'emmenant même pas la bague qu'il est venu chercher ! termina Combes, avec une telle commisération dans la voix que le gros Vialatte en rougit jusqu'aux yeux.

— J'essayais seulement de trouver autre chose, se défendit-il. Il faut bien qu'il y ait un coupable. Nous parlons d'un meurtre, pas d'un suicide !

— D'accord, mon vieux, pardonnez-moi, s'excusa l'adjudant. Vous venez de nous montrer qu'il faut envisager d'autres hypothèses. Je vous propose de continuer sur votre lancée. Il y a peut-être quelque chose à creuser à propos de Lacantour. Ce sera votre travail pour la semaine à venir. Dubreuil va passer au petit peigne les activités des autres suspects possibles, les Martiel au complet et les Falgoux. Quant à moi, je vais chercher d'autres preuves contre monsieur Caspegoux.

Ce même jour de juin, Claire Combes décida de se lancer elle aussi dans une enquête propre à éclaircir ce qui était devenu l'énigme de Ravejouls. Elle n'avait pas l'intention de questionner qui que ce fût. Elle souhaitait seulement étudier le paysage dans lequel s'était déroulé le meurtre et se pénétrer de l'ambiance. Elle souhaitait y découvrir un détail qui pût aider Joseph, tout en s'avouant qu'il serait furieux d'apprendre qu'elle se mêlait de ce qui ne la regardait pas.

Au début de l'après-midi, elle gara la deux-chevaux du ménage sur le terre-plein qui bordait le pont du kilomètre 4. Elle était déjà venue à Castelvieil avec son mari, trois semaines plus tôt, quand il avait voulu expliquer aux Falgoux le déroulement du funeste après-midi d'avril.

— Tu sauras mieux que moi comment essayer de calmer cette femme, avait-il dit pour la convaincre.

Claire se souvenait de son étonnement quand elle avait découvert que Rose n'avait pas besoin d'être calmée. Elle avait compris la force de caractère de cette mère déchirée, et l'avait admirée, comme pendant la messe d'enterrement.

Cette fois, elle évita soigneusement de rencontrer les Falgoux. Elle se dépêcha de franchir l'ouverture de la haie qui marquait l'entrée de la ferme et continua le long de la berge, sur le sentier que la végétation couvrait d'ombres et d'odeurs fraîches. À sa gauche l'Alzou bouillonnait avec la légèreté d'une rivière policée. L'eau était claire, à peine mousseuse à l'abordage des petits rochers entre lesquels devait serpenter le gué menant à l'île de La Basse.

Rien dans ce paysage ne paraissait inquiétant. Rien ne rappelait qu'une jeune fille avait été assassinée sur cette herbe douce. Pas un instant, Claire ne pensa que l'assaillant de la pauvre Marie-Jeanne pouvait toujours hanter ce sentier discret, et qu'au fond, elle risquait d'être elle aussi attaquée. Pourtant, quand elle s'arrêta pour s'asseoir sur le flanc du talus, elle voulait se mettre à la place de la jeune morte, et choisir l'emplacement qui lui semblait convenir le mieux à un rendez-vous d'amoureux. Et si elle frissonna, ce fut parce qu'elle avait froid, soudain, dans sa robe de toile. Un instant, elle hésita à revenir sur ses pas pour chercher le cardigan laissé dans sa voiture, puis elle choisit de rester tranquillement assise sur son talus. « Juste cinq minutes », se promit-elle.

Il fallut moins de temps pour que l'atmosphère du lieu lui parût changer, comme si le simple fait de s'étendre sur l'herbe où s'était étendue une victime avait réveillé son fantôme. Au-dessus de sa tête, entre les hautes branches des peupliers des deux rives, dont les feuilles bruissaient malgré l'absence de vent, le ciel tout à l'heure bleu s'était chargé de petits nuages gris sombre. Il n'était jusqu'à la rivière qui ne participât à cette mue subtile ; le frémissement mousseux de ses tourbillons de surface avait fait place à un clapot plus sourd ; c'était un peu « le bruit du sang battant dans la gorge de la jeune fille en train de se noyer », songea Claire.

Elle releva le buste d'un coup, furieuse contre elle-même de s'être laissée aller à son imagination. Elle secoua la tête. Jamais elle n'avouerait à Joseph cette faiblesse indigne d'un enquêteur, même amateur. Il se moquerait d'elle.

Elle se remettait debout quand une voix, dans son dos, la replongea dans l'angoisse. Une voix qui ne paraissait pas naturelle, comme déguisée, à mi-chemin d'une toux et d'un langage articulé.

— Bon-jour, répéta la voix plus clairement.

Claire se retourna d'un bond, la tête pleine de l'image, que lui avait détaillée son mari, de Marie-Jeanne saisie aux hanches. Elle se sentait prête à hurler. Sans doute, entre ce qu'elle s'attendait à découvrir, un monstre se jetant sur elle, et ce qu'elle voyait réellement, le contraste était-il si fort qu'elle ne put se retenir de rire nerveusement. Devant elle, un garçon d'une quinzaine d'années, aux cheveux hirsutes, lui tendait la main. Elle n'eut pas besoin de regarder longuement le sourire humide de ses grosses lèvres, qui coupait un visage aux pommettes trop larges, ni le regard fixe des yeux globuleux sous des arcades proéminentes.

— Bonjour, Gaston, dit-elle en recouvrant d'un coup sa sérénité.

Elle avait en un clin d'œil oublié l'atavique répulsion des gens normaux face aux déshérités, comme si le mongolien avait distillé un charme. Comment avait-elle pu envisager qu'il fût responsable de ce qui était arrivé à cette jeune morte ?

Elle fit les deux pas qui la séparaient de cette gargouille, et, souriant toujours, serra cérémonieusement la main tendue. À peine la moiteur de la peau et l'épaisseur boudinée des doigts mous lui rappelèrent-elles qu'elle était en face d'un anormal. Cette impression fugitive, au creux de sa paume, la retint de se laisser aller à une démonstration plus affectueusement maternelle. Pourquoi, dans cet instant, pensait-elle à Robert et à Thi-Ba ? Remerciait-elle le ciel que ses enfants fussent épargnés, ou lisait-elle l'innocence sur la figure déformée de Gaston Martiel ?

Longuement, avec application, le garçon se cramponna à la main de Claire en la secouant de haut en bas. Depuis qu'il avait inauguré le plaisir de ce contact avec le Polack, ce geste le mettait en joie. Il la lâcha enfin, ouvrit et referma la bouche silencieusement, en bavant, et se lança :

— Ça bon pour Ti-La, dit-il en montrant le décor d'un geste étriqué de l'avant-bras. Ti-La aime ça.

— Je suis la femme de ton ami Joseph, crut nécessaire de préciser Claire.

Gaston, tout au plaisir de partager la vue de son domaine avec cette nouvelle amie, fit un effort de mémoire, ou de compréhension. Que voulait dire « la femme » et qu'était ce Zo-zef? Les mots ne suscitaient pas d'images dans sa tête s'il n'y était de longue date habitué. Ceux-là n'ouvraient que sur du vide. Son humeur s'en chagrina, mais il ne voulut pas s'en irriter, ni rompre avec cette si aimable personne, qui n'avait pas peur de lui, ne fuyait pas le contact, et lui parlait avec naturel. Du moins en donnait-elle l'impression. Pendant quelques secondes, il la scruta : les cheveux noirs bouclaient si joliment sur le front qu'il avait envie d'y porter la main, les yeux couleur noisette le regardaient bien droit sans qu'il pût y deviner le moindre affolement, et les lèvres souriaient toujours.

Avec autorité, il lui reprit la main. Cette fois comme un gamin qui veut entraîner quelqu'un vers l'objet de son désir. Claire en eut le cœur ému comme si c'était un de ses enfants qui lui serrait les doigts. Mais tout de même un enfant qui était presque aussi grand qu'elle, et qui avait tant de force qu'elle avait du mal à le retenir.

— Ti-La veut aller dans l'île, répétait Gaston. Avec Zef.

Elle ne comprit pas immédiatement qu'il s'agissait d'elle, mais l'entêtement du mongolien, qui la tirait toujours par le bras, commençait à faire renaître son angoisse. Il était évident qu'il ne pensait qu'à la joie d'une promenade, mais dans l'esprit de Claire se peignait à nouveau l'assaut de Gaston contre Marie-Jeanne. Soudain, le charme du garçon ne jouait plus. Quelle sotte elle avait été de se lancer dans cette quête sans queue ni tête ! Essayer de se pénétrer de l'ambiance, s'était-elle dit ? Retrouver l'atmosphère sécrétée par le décor du crime ? Et voilà qu'elle se trouvait peut-être dans le rôle de la victime, presque à la merci d'un demi-fou qui était un coupable très présentable !

— Non ! dit-elle avec force, en arrachant sa main à l'étreinte d'Attila.

Elle n'avait pas crié, ne s'était pas débattue, ne l'avait pas griffé au visage. En la regardant dans les yeux, Gaston ne lut ni véritable peur ni dégoût, comme l'autre fois. Troublé il chercha dans sa trop courte mémoire qui avait crié, s'était débattu, l'avait griffé. Et le nom lui monta aux lèvres.

— Ma-ja, balbutia-t-il, aussitôt secoué de sanglots lourds et bruyants.

Claire se sentit une fois de plus désarmée. Elle n'oubliait pas le tour que son imagination venait de lui jouer, mais elle s'en voulait de son réflexe de fillette. Elle allait consoler ce malheureux, et levait la main pour lui caresser les cheveux quand elle s'aperçut que la petite scène qui venait de se dérouler avait eu des témoins. Trois, exactement.

Deux d'entre eux, encore à une cinquantaine de mètres sur le sentier, étaient deux gendarmes en uniforme qui venaient au trot de Castelvieil.

Le troisième était un paysan du cru, l'air sauvage d'un homme des bois, un feutre pisseux enfoncé sur le crâne, qui venait de s'extirper d'un buisson, jailli de la haie qui bordait le chemin comme s'il avait voulu se jeter à la bataille.

— Qu'est-ce que vous faites à mon fils, *macarel*? gronda-t-il.

Il avait l'air tout à la fois bouleversé et furieux. Ses petits yeux perçants regardaient méchamment Claire, que son arrivée soudaine avait fait reculer vers la berge. Puis son regard se porta sur Attila, qui avait interrompu tout net ses sanglots et reniflait, la tête basse. Enfin il parut voir les deux gendarmes, qui arrivaient en soufflant.

— Ah! madame Combes, dit Dubreuil sans pouvoir masquer le soulagement qu'il éprouvait. Nous avons vu votre deux-chevaux à côté du pont et, comme nous ne vous avons pas trouvée chez les Falgoux...

— Faut pas venir se promener par ici, grommela le bonhomme au chapeau, en relevant les pointes de ses moustaches.

Peut-être l'arrivée de la maréchaussée avait-elle calmé sa colère, mais il avait encore l'air de maîtriser un sentiment violent. Claire Combes se demanda curieusement si la fureur du vieux avait été dirigée contre elle ou contre Attila.

— C'est un sentier communal, fit observer Dubreuil, tout le monde a le droit de l'emprunter, monsieur Martiel.

— Ma foi, c'est bien vrai, concéda Fernand. Faudrait seulement savoir si les gens ont envie qu'il leur arrive un malheur en s'arrêtant au bord de cette foutue rivière. J'aime pas que mon Attila traîne par ces coins-là.

Estimant qu'il en avait assez dit, il toucha d'une main crasseuse le bord de son feutre, crocha dans le col de son fils, que la voix du père semblait avoir gelé sur place, et l'entraîna vers l'amont du sentier, vers Ravejouls. Les trois autres regardaient les Martiel s'en aller. Le gendarme Baringot trouvait que ce départ ressemblait assez à une fuite. Claire, qui avait surpris le dernier regard que le mongolien lui avait jeté par-dessus son épaule, et avait cru y lire un appel à l'aide, se demandait que penser de l'intervention du père.

— Croyez-vous que ce vieux me voulait du mal ? demanda-t-elle. Qu'il craignait que je ne brutalise son fils ?

Dubreuil n'osa pas regarder en face l'épouse de son adjudant. Il ne savait comment lui dire que la place d'une jeune femme, jolie et attirante comme elle l'était, n'était pas au bord d'une rivière romantique en compagnie d'un anormal, même considéré comme peu dangereux.

— Vous devriez en parler avec l'adjudant, dit-il enfin. Il pensera comme moi que le père Martiel se fait des idées sur la culpabilité de son rejeton dans le meurtre de la petite Falgoux, et qu'il veut éviter que le garçon ne recommence à se jeter sur les femmes seules.

— Enfin, Claire, bon Dieu, qu'allais-tu faire dans ce coin perdu, toute seule ? Tu ne te rends pas compte qu'il aurait pu t'arriver n'importe quoi !

— Que voulais-tu qu'il m'arrive ? demanda-t-elle, jouant le calme et l'amusement. Je ne risquais rien, puisque ton Caspegoux est enfermé. C'était bien lui le coupable, non ?

Combes se forçait à éviter de crier, comme il l'avait fait au retour d'un long après-midi d'enquête auprès des camarades de travail d'Espérandieu, quand Dubreuil lui avait rendu compte de l'équipée de sa femme au bord de l'Alzou. À présent, les deux enfants couchés dans leur chambre au fond de l'appartement, il tournait en rond autour de la table de la cuisine, sur le bord de laquelle Claire s'était assise, avec un air faussement détaché qui le mettait en rage. Il souffla, comme un chat en colère.

— Si j'ai bien compris ce que tu m'as raconté, tu

n'étais quand même pas très tranquille pendant ta « conversation » avec le nommé Attila. Oserais-tu m'affirmer que tu étais tout le temps persuadée de son innocence ?

Claire cessa subitement de jouer la tranquillité. Après tout, elle ne s'était lancée dans cette aventure que pour découvrir quelque indice qui pût aider Joseph, et les impressions violentes qu'elle avait éprouvées au cours de l'après-midi l'avaient fortement marquée.

— Pardonne-moi, dit-elle à voix basse. Tu n'as pas besoin de me répéter que je me suis conduite comme une idiote. Et tu as tout à fait raison de penser que j'ai eu peur.

— De qui ? Je veux dire, du père ou du fils Martiel ?

— Honnêtement, du fils. Pendant une petite minute, pas plus. Je ne sais pas pourquoi, mais j'ai cru qu'il était repris par sa folie de violeur. Pourtant, je t'assure qu'il n'avait rien fait d'autre que me prendre par la main pour m'emmener dans l'île. Au fond, je suis sûre qu'il ne pensait pas à mal. C'est moi, avec le souvenir de ce qu'il avait fait à la petite Falgoux, qui me suis imaginé le pire.

— Tu veux me faire croire qu'il n'a jamais été menaçant ?

— Non, pas menaçant. Insistant, oui. Et comme je ne savais pas comment fonctionne son cerveau malade, sans doute ai-je mal réagi.

L'adjudant secoua la tête. Pour avoir lui aussi, quelques semaines auparavant, ressenti le mélange de sympathie, de charme et de pitié que sécrétait le mongolien, il pouvait comprendre que sa femme en ait eu peur, et qu'elle ait été en même temps séduite par sa gentillesse.

— Comment as-tu ressenti l'arrivée du père Martiel ?

— Je crois, hésita Claire, que Dubreuil a très bien résumé la pensée du vieux bonhomme. Depuis la mort de la jeune fille, il est persuadé que son Attila a noyé la petite. Il ne l'avouera jamais, fera tout pour que tu n'arrêtes pas le garçon. Mais, en attendant que l'affaire soit classée, au besoin par l'arrestation d'un innocent, il surveille son fils comme le lait sur le feu pour l'empêcher de récidiver.

Joseph ne répondit pas. Il avait confiance dans l'instinct de Claire, mais ne pouvait s'empêcher d'entendre la voix pontifiante du docteur Flavien, affirmant *ex cathedra* qu'un mongolien était incapable de mentir, de violer, encore moins de tuer. Que devait-il croire ?

Il s'assit sur la table à côté de sa femme, épaule contre épaule, et lui tapota le dos d'une main apaisante.

— Je ne peux pas te dire que tu m'aides beaucoup, grimaça-t-il, mais tu me forces du moins à réfléchir. Si tu le veux bien, je convoquerai demain matin le docteur Flavien pour que tu lui racontes ton histoire. Il nous dira ce qu'il en pense. Nous n'avons plus beaucoup de temps pour régler cette affaire.

— Pourquoi ?

— D'abord parce que le juge d'instruction s'impatiente. Ensuite, parce que le dénommé Jules doit partir faire ses classes chez les paras de Castres dans trois ou quatre jours. Si mon enquête doit me ramener à Ravejouls, je préférerais qu'il soit présent pour parrainer ma reprise de contact avec sa mère et son demi-frère.

13

Depuis le mois de février, François Lacantour figurait en bonne place dans tous les ragots qui avaient couru et couraient encore sur l'affaire du viol de l'Alzou.

Curieusement, ses clients habituels s'intéressaient plus que jamais à la photographie. Pour arracher à François un détail qu'ils n'avaient pas lu dans la presse et qui leur permettrait de briller en public, ils passaient au Studio d'Art deux à trois fois par semaine — ce qui était beaucoup pour des amateurs qui n'avaient rien d'autre à photographier que leur train-train quotidien.

Il était même fréquent que de nouvelles pratiques fissent visite au magasin pour une séance de portrait. Lacantour remarquait leurs coups d'œil subreptices, comme s'ils s'attendaient à voir sortir un cadavre de l'objectif, ou à découvrir des traces de sang sur la moquette de la cabine de pose. Les jours de grande déprime, il arrivait même à l'artiste de « saloper le travail » exprès, pour que ces vampires ne reviennent pas. Mais ils revenaient.

Le plus triste était la déchéance physique et morale de Mariette. Depuis des années qu'il supportait son humeur acariâtre, son mari n'avait pas pris réellement conscience de la profondeur de ses blessures d'amour-propre. Il avait alors pensé qu'elle mettait de la coquetterie à bouder comme elle le faisait.

Mais l'afflux de commérages, qui avait accompagné le meurtre, le début de l'enquête policière et les funérailles avaient laissé la malheureuse madame Lacantour totalement exposée au pilori : elle était très officiellement celle qui s'était satisfaite d'un mari au rabais; aucune de ses bonnes amies, qui jusque-là s'étaient contentées de sous-entendus, n'hésitait plus à parler d'épouse complaisante. Mariette avait perdu le goût de vivre. Son humeur n'était plus volcanique, mais funèbre. Son physique aimablement replet avait fondu de plusieurs kilos, ce qui lui allongeait le visage et avait gommé ses rondeurs. Son manque d'appétit, conjugué à la triste impression qu'elle ne se relèverait pas de sa honte, lui donnait un teint jaune et une peau grenue. Elle le constatait tous les matins dans son miroir, ajoutant encore à sa désolation.

C'est dire qu'elle ne crut pas, ou du moins ne voulut pas croire au retour d'affection que lui valut cet abattement. Se rendant enfin compte que sa femme n'avait pas tous les torts, François prit la mesure de ses devoirs envers elle. Il fit en privé, un soir, dans la salle à manger façon pin de Norvège où elle venait de lui servir un cassoulet mal cuit — elle avait aussi perdu le goût des casseroles —, une analyse de leur situation qui était à la fois amende honorable et proposition de paix. Les jours suivants, il s'éreinta à lui prouver qu'il était de bonne foi. S'il ne réussit pas à consoler Mariette de sa mortelle blessure d'orgueil, du moins obtint-il d'elle un adoucissement de leurs rapports. Désormais, s'entraînant dans leur privé et jouant la représentation devant les tiers, elle fut la femme résignée, obéissant à un époux cruel et pervers, qu'elle continuerait à suivre en martyre. Il est probable qu'elle en eût même accepté des coups, pourvu qu'elle pût en montrer les traces.

À l'égard de Jules pourtant, qui venait de plus en plus régulièrement au Studio d'Art sous prétexte d'aider son père à l'atelier, elle n'avait pas changé d'avis.

Elle avait tout net déclaré à François :

— Ne compte pas sur moi pour considérer ton bâtard comme mon propre fils. Tu t'es cru capable de faire le malheur de deux femmes ? Je veux que ta paysanne ait sa part. Et s'il te plaît d'aller jouer les séducteurs auprès d'elle comme autrefois, tu es libre. Je ne dirai rien.

François avait eu quelques occasions de revoir Noémi, au cours des journées noires. Les années de séparation lui avaient paru avoir beaucoup marqué le physique de son ancienne amie. Peut-être le drame dont ils étaient des protagonistes de deuxième main l'avait-il particulièrement affectée. C'était une explication à ses poches sous les yeux, à ses rides, à son nez rougi dans un visage brouillé. Mais c'était surtout la vie auprès d'un mari vieux et brutal qui lui avait donné cet air de chien battu, ces bourrelets qui lui faisaient une taille informe, cette peau de terre et ces mains calleuses, cette absence de goût pour se coiffer et se vêtir.

Où avait disparu la jeune paysanne coquette et rieuse de l'avant-guerre ? Lui qui ne se disait pas très soucieux de sa tenue et de sa forme s'avouait, quand il passait devant le grand miroir de la cabine de pose, que Noémi avait quand même plus mal vieilli que lui. Il avait donc sans se forcer protesté auprès de Mariette contre cette accusation d'infidélité latente.

— Ma pôvre, avait-il assuré avec inélégance, si tu voyais aujourd'hui cette malheureuse Noémi, tu te demanderais ce qui a pu me séduire chez elle autrefois.

Cette affirmation n'avait pas convaincu sa femme, qui n'avait pas revu sa rivale depuis qu'elle avait amené Jules au magasin, et en avait gardé le souvenir d'une paysanne rondelette au visage intéressant.

Depuis que l'adjudant Combes avait mis François en demeure de porter plainte pour le vol de la bague offerte à Jules, puisque, en somme, l'ayant payée il en était le légitime propriétaire, le photographe s'était longuement interrogé. Suivre le conseil de Combes signifiait d'une part affronter une terrible scène, puisqu'il faudrait avouer à Mariette qu'il avait détourné une somme importante de leurs finances, et d'autre part risquer d'ajouter encore au scandale. Tout Villefranche verrait ainsi confirmer l'existence de ses liens avec le fils Martiel, affirmation qui n'était encore qu'un commérage.

Quatre jours avant le départ de Jules pour son régiment, il se résolut à l'inévitable. De toute façon, sa femme apprendrait un jour ou l'autre la vérité. Autant se donner le rôle du coupable repentant. D'autant que cet aveu pourrait être échangé contre une dernière faveur qu'il souhaitait soustraire à Mariette.

Ce soir-là, en fin stratège, il commença par la faveur.

— Nous sommes vendredi, dit-il, et Jules part mardi matin pour son régiment. Je t'ai déjà dit qu'il voulait rester dans l'armée. Il y a donc beaucoup de chances que nous ne le revoyions pas de sitôt.

Le visage de femme bafouée composé par Mariette parut soupirer comme si elle avait chuchoté : « Plût au ciel ! », mais elle se tut.

— J'ai pensé, continua François, qu'il aimerait avoir une longue conversation avec moi, autour d'un dîner, pendant une veillée. Tu sais bien qu'il n'en est pas question ici. Alors je vais l'emmener demain soir à Villeneuve. J'ai retenu deux chambres à l'Auberge et commandé un petit repas pour deux. J'aimerais que tu acceptes mon projet sans faire d'histoires.

— Ton bâtard est au courant ? demanda sèchement sa femme.

— Non. Je lui fais une surprise. J'irai le chercher demain après-midi à Ravejouls en vélo, et nous irons ensemble à Villeneuve sur sa Mobylette.

— Et cette charmante réunion durera jusqu'à quand ?

— Je te promets d'être de retour auprès de toi dimanche en début d'après-midi.

— Et je n'entendrai plus parler de Jules ?

— Non, pas avant longtemps.

Quand François voulut remercier Mariette d'un baiser sur la tempe, elle tourna vivement la tête, fidèle à son personnage.

— Je te suis reconnaissante, dit-elle d'un ton pincé, d'avoir choisi de régler tes affaires de famille ailleurs qu'à Villefranche. Que n'as-tu toujours été aussi discret !

Ragaillardi par ce succès, François entama le deuxième sujet avec tout le repentir souhaitable. Il ne rencontra d'abord qu'insultes et mépris, jérémiades et menaces, pleurs et menaces de divorce.

— Non seulement tu ridiculises ta femme devant Dieu en affichant tes succès extraconjugaux, mais maintenant tu la voles, tu lui retires le pain de la bouche pour offrir des cadeaux de satrape à tes bâtards ! Tout le monde me donnera raison, tu peux y compter, espèce d'escroc !

Le vocabulaire s'édulcora et le ton revint à la normale quand Mariette comprit que la plainte que déposerait François lui permettrait de récupérer la fameuse bague, pour le moment détenue par le greffe du tribunal. Elle estima qu'elle pourrait rendre le bijou à la Bijouterie Moderne et qu'on lui remettrait son argent. Puis elle se dit qu'elle pourrait aussi bien garder la bague et la porter au doigt ; c'était le meilleur moyen de prouver à ses meilleures mauvaises amies que son mari lui était tout dévoué.

Le dimanche matin n'avait pas apporté grande nouveauté aux enquêtes des gendarmes et l'adjudant avait décidé de passer l'après-midi en famille, loin de la paperasse et du téléphone.

Quand celui-ci sonna dans son appartement, vers sept heures du soir, Claire achevait de faire dîner les enfants. Robert sauta de sa chaise et se précipita pour décrocher le combiné. C'était un de ses jeux favoris, que son père interdisait généralement avec fermeté. Pour une fois, il laissa faire, s'amusant du sérieux avec lequel son fils entamait la conversation.

— Allô ! ici la famille Combes, j'écoute ?

À distance, la voix brouillée du correspondant paraissait folle d'impatience. Combes eut un mauvais pressentiment et saisit l'appareil.

— Passe-moi ton papa, Robert ! C'est grave !

La voix du chef Vialatte était excitée, mais l'adjudant ne songea pas à sourire de l'habituelle « gravité » de son subordonné.

— C'est moi ! Allez-y. Qu'y a-t-il ?

— Je viens de recevoir un coup de fil affolé de madame Lacantour. Elle dit que son mari a disparu.

14

— Répétez-moi donc exactement le programme prévu par monsieur Lacantour.

Dans le magasin du Studio d'Art éclairé *a giorno*, camouflé de la rue par ses stores de plastique baissés, Combes et Dubreuil, assis sur l'étroit canapé de mousse destiné à la clientèle, faisaient face à une mégère plus qu'à une épouse éplorée. À détailler son visage sur lequel son maquillage avait coulé, il était clair que Mariette Lacantour avait pleuré, mais le brillant de l'œil, le rouge des pommettes et les sourcils froncés, autant que ses éclats de voix, indiquaient que la colère avait succédé aux larmes.

— Il devait d'abord aller en bicyclette à Ravejouls pour y chercher ce garçon, dit-elle enfin.

— Quand ?

— Hier après-midi. Il est d'ailleurs parti comme prévu vers trois heures.

— Avait-il rendez-vous avec son fils ?

La femme tiqua sur le mot, mais se retint d'exploser.

— Il m'a affirmé que non. Il voulait lui faire une surprise.

— Ensuite ?

— Ma foi, il avait prévu qu'ils iraient tous deux en vélomoteur à Villeneuve, où François avait retenu deux chambres à l'Auberge. C'est là qu'ils devaient aussi dîner. Mon mari m'avait affirmé qu'il reviendrait à la maison au début de l'après-midi.

Elle regarda sévèrement la pendule d'acier qui donnait au magasin une touche de modernisme froid. Il était vingt heures.

— Il y a cinq heures au moins qu'il devrait être là !

— On ne peut pas parler de disparition pour cinq heures de retard, madame. Votre mari se sera attardé à Villeneuve avec son fils. Peut-être avez-vous mal compris et monsieur Lacantour vous avait-il promis de rentrer lundi après-midi. Il passe une deuxième soirée à l'Auberge, voilà tout. Que voulez-vous qu'il soit arrivé d'autre ?

Mariette regarda ce petit gendarme avec autant de mépris que de pitié.

— *Primo*, dit-elle avec éclat, je suis capable de comprendre ce qu'on me dit, et pas sotte au point de confondre dimanche et lundi. Le garçon doit partir mardi matin, paraît-il. Il a sûrement des bagages à faire, des affaires à ranger ; il n'allait pas rentrer chez lui seulement quelques heures avant de s'en aller pour longtemps. Et François avait du travail à terminer pour demain. Des tirages promis à des clients.

— Alors ?

— Alors, ce salopard a filé. Loin d'ici. Il n'a inventé cette histoire de souper et de coucher à Villeneuve que pour avoir le temps de prendre un train et de faire des kilomètres.

— Pourquoi aurait-il fait ça ?

— Est-ce que je sais ? Peut-être parce qu'il en a assez de moi, des ragots, de Villefranche. Peut-être pour aller vivre avec son bâtard de Jules à Castres, ou Dieu sait où.

Cette fois, la réponse avait été hachée de sanglots désespérés, qui ne devaient rien à l'artifice. Combes et Dubreuil échangèrent un regard dubitatif. Cette aventure pouvait paraître relever du vaudeville, mais madame Lacantour avait des accents de sincérité assez convaincants. Et l'adjudant ne pouvait s'empêcher de penser à l'hypothèse hardie de Vialatte, qui supposait le photographe coupable de l'assassinat de Marie-Jeanne Falgoux.

— Si votre mari avait projeté de s'en aller, raisonna Dubreuil à voix haute, il aurait dû prendre de l'argent. Le samedi et le dimanche les banques sont fermées. Avez-vous un compte commun ?

En entendant parler finances, Mariette avait arrêté ses larmes.

— Je ferai opposition dès demain matin, aboya-t-elle. Au moins, il ne me volera plus.

Volubile, reprise par son rôle d'épouse malmenée, elle expliqua ce que les gendarmes savaient depuis six semaines :

— Voyez-vous, le magasin est à moi ; je l'ai hérité de mon père, qui employait François à l'atelier quand je l'ai épousé. En somme, il est encore à mon service. Et il m'a volé presque trois cent mille francs dans la caisse pour que son soi-disant fils aille acheter une bague à sa fiancée, la fille qui a été violée près de l'Alzou.

D'un œil que semblait avoir abandonné le chagrin, elle vérifia sur le visage des deux hommes que son histoire avait fait mouche.

— À propos, demanda-t-elle — et cette fois son intérêt était presque palpable —, il avait dit que vous lui rendriez la bague s'il portait plainte. Vous ne l'avez pas fait, au moins ?

— Soyez tranquille à ce sujet, dit Combes, qui n'était pas fâché de river son clou à cette plaignante si démonstrative. Il n'est pas venu porter plainte pour vol avant de partir. Ce qui veut dire que la bague ne sera jamais rendue si on ne le retrouve pas.

Un petit sourire plissa cruellement les lèvres de Dubreuil. Il appréciait que son adjudant ait su trouver précisément où porter le coup qui désarçonnerait cette virago.

Au moins, ils avaient gagné quelques secondes de silence. Cette péripétie dans les aventures entremêlées des familles Lacantour, Martiel et Falgoux méritait-elle que l'on mît sur-le-champ la brigade sur le pied de guerre, ou serait-il assez tôt le lendemain ? Peut-être un coup de téléphone à Villeneuve suffirait-il à régler le problème. Ils s'aperçurent alors qu'ils avaient sous-estimé les ressources de Mariette.

— Évidemment, admit-elle, c'est la première chose que j'ai faite, appeler l'Auberge. Ça m'était sorti de l'esprit. Le patron a confirmé que François avait réservé deux chambres pour le samedi soir, et il m'a affirmé aussi que personne ne s'était présenté chez lui et que les chambres sont restées inoccupées.

— Vous affirmez que votre mari est bien parti hier ?

La femme regarda Combes de travers.

— Vous croyez que j'ai inventé tout ça et que je l'ai tué dans ma cave ? dit-elle amèrement. Demandez donc aux voisins. Au point où j'en suis, ça ne fera plus beaucoup de mal à ma réputation.

Elle leur ouvrit la porte sans rien ajouter, sur la promesse qu'on la tiendrait au courant des recherches. Arrêtés sur le seuil, ils entendirent derrière leur dos tourner la clé et le verrou de la porte. En rechaussant son képi, Combes jeta un regard désabusé au somptueux décor de la place Notre-Dame. Les arcades de basalte dessinaient des yeux sombres insondables, en face du haut calvaire et de la tour de la collégiale, dont le sommet disparaissait dans la nuit.

— Je crains, dit-il, si nous trouvons quelqu'un qui a vu le sieur Lacantour enjamber son vélo hier après-midi, qu'il ne nous faille chercher pourquoi il n'est pas arrivé à sa deuxième étape. Le mieux serait de savoir s'il est arrivé au bout de la première, à Ravejouls.

Depuis six semaines, les conducteurs de la gendarmerie avaient découvert une route carrossable pour aller jusqu'à Ravejouls. Il suffisait d'aller traverser l'Alzou au débouché de la route menant à Montbazens et de se rabattre ensuite vers l'aval par un chemin qui longeait la rivière. Cette terrasse de terre, assez large pour laisser passer un char à bœufs ou une camionnette, conduisait jusqu'à l'entrée de la ferme des Martiel. Au-delà, elle s'étrécissait pour devenir le sentier vers Castelvieil.

N'empêche que, parcourue à la lueur des phares de la R 4 de la brigade, cette route si proche de l'eau, qui miroitait sous la voûte sombre des feuillages, avait de quoi inquiéter les passagers. Quand la voiture s'arrêta dans la cour, près d'un tas de fumier malodorant, Dubreuil, Vialatte et Combes furent accueillis par les aboiements du chien, étranglé de rage au bout de sa chaîne. Les phares éclairaient droit la porte de bois, en haut des trois marches de pierre usées.

— Pourquoi ces baraques sont-elles surélevées par rapport au sol ? demanda Dubreuil à voix basse.

L'adjudant ne s'étonna même pas de cette question sans aucun rapport avec la situation.

— Sais pas, mon vieux. Peut-être parce qu'il arrive que l'Alzou déborde. Ou tout simplement parce que les gens d'ici sont civilisés, et ont toujours ménagé un vide sanitaire entre la terre et leur plancher ?

Le corniaud paraissait en grande discussion avec le chef Vialatte qu'il voulait empêcher de monter jusqu'à la porte. Deux coups de brodequin l'amenèrent à plus de compréhension, et la porte résonna sous le poing qui accompagnait les sommations d'usage.

— Au nom de la loi, ouvrez !

On pouvait faire confiance au chef pour respecter

les usages. Même si cette visite inattendue ne se faisait pas à une heure légale.

— Vingt-trois heures cinq, souffla Dubreuil. Ils n'ouvriront pas.

Pourtant une ampoule brilla soudain derrière les vitres crasseuses et le battant poussé avec force battit le mur avec la violence d'un coup de feu. Apparemment, le père Martiel ne retirait pas son feutre pour dormir. De se trouver le nez à vingt centimètres des boutons d'uniforme de Vialatte, qui le dominait de vingt centimètres, ne refroidit en rien sa fureur.

— Pute borgne, gueula-t-il, vous croyez pouvoir m'emmerder chez moi jour et nuit ? Vous allez me foutre le camp vite fait, ou je vais chercher mon fusil.

— La ferme, dit sèchement l'adjudant du bas des marches. Ou moi je vous boucle et vous envoie en prison à Villefranche.

Tout le monde se tut, même le corniaud.

— Faites sortir toute la famille, continua Combes, et rapidement.

Avant de quitter Villefranche, il avait réparti les tâches et dressé pour chacun une liste de questions. En cinq minutes, les trois Martiel en état de répondre, hâtivement habillés, étaient face aux trois gendarmes. Dubreuil avait entraîné Jules jusqu'à la R 4, Vialatte avait d'une traction au col amené Fernand au bas des marches, et Combes s'était assis à la table de la salle commune, devant Noémi. Trois quarts d'heure plus tard, les enquêteurs changèrent de victime, puis recommencèrent à minuit et demi. À une heure du matin, les Martiel, malgré les grognements hargneux du père, s'entendirent consignés dans la chambre de Jules, avec interdiction d'en sortir, et la maréchaussée se rassembla devant la cheminée de pierre pour comparer les résultats de leurs interrogatoires.

Il ne semblait pas que les Martiel aient varié dans leurs réponses. Peut-être faudrait-il recommencer le lendemain, mais il ressortait de ce triple examen que personne n'avait vu Lacantour ni sa bicyclette à Ravejouls au cours de l'après-midi de samedi.

Noémi, tout émue à l'idée que son ancien amoureux s'était risqué jusque chez elle, avait affirmé avoir passé au moins deux heures à sa lessive, derrière la maison, et n'avoir entendu ni appel ni aboiement.

Fernand prétendait qu'il avait quitté sa grange vers deux heures et demie, en remorquant son Attila qui renaudait, et qu'il n'était rentré qu'à la nuit tombante d'un champ qu'il avait près de la route de Montbazens, où il avait entrepris de curer un vieux puits. À chacun des questionneurs qui lui avaient parlé d'un éventuel passage du photographe, il avait répondu, de la même façon, en variant seulement les jurons, qu'il voudrait bien rencontrer ce fils de garce seul au coin d'un bois, pour se payer de tout le malheur qu'il avait amené dans sa famille.

Quant à Jules, que Combes avait spécialement recommandé à ses adjoints, il était évident pour tous les trois *primo* qu'il n'était pas du tout au courant du projet de soirée à Villeneuve, *secundo* qu'il n'avait pu rencontrer son père car il avait déjeuné avec les Falgoux à Castelvieil, dont il était parti vers cinq heures après avoir aidé le Polack à finir de butter ses pommes de terre. Bien sûr, il faudrait contrôler cet alibi-là le lendemain. Enfin, troisièmement, que son père se soit de la sorte volatilisé avait fortement impressionné le garçon, qui se demandait manifestement quelles conclusions en tirer.

— Il n'y a que deux solutions, dit Vialatte le premier. Ou bien Lacantour a été assommé parce qu'il avait découvert quelque chose à propos du meurtre de la petite, ou bien il a fichu le camp, parce que c'était lui le coupable.

Bien qu'il trouvât le chef particulièrement entêté, Combes était obligé de reconnaître qu'il avait raison.

— De toute façon, ajouta Dubreuil, il faut avant tout trouver une trace du passage du photographe. Rien ne prouve qu'il soit venu ici. On ne peut pas suspecter les gens simplement au flair.

— C'est pourquoi nous allons refaire le grand jeu, dit l'adjudant. Vialatte, vous rentrez seul avec la R 4 et vous m'envoyez la camionnette et cinq gendarmes à six heures demain matin. Nous allons fouiller tout le coin. Ça ne sera pas la première fois.

Dubreuil grommela une réflexion sur les malheureux obligés de dormir au clair de lune.

— Nous allons rendre aux Martiel leur salon-salle à manger-chambre à coucher. Vous pouvez dormir ici avec eux, Dubreuil, si vous préférez ne pas coucher dans la grange.

— Cette baraque sent trop mauvais, dit le gendarme. Mieux vaut l'odeur du foin.

Beaucoup plus tard, alors qu'il allait s'endormir sur une fourchée d'herbe sèche et parfumée, képi sur les yeux et ceinturon débouclé, il entendit Combes qui réfléchissait à haute voix auprès de lui.

— De toute façon, maintenant, disait-il, je vais être obligé de faire élargir Caspegoux, même si c'est un salopard de détrousseur de cadavre. Il n'est sûrement pas le meurtrier et il n'y aura plus personne pour porter plainte. Le procureur, peut-être...

Dès l'arrivée des renforts, les recherches organisées avaient commencé, autour de la maison, dans les communs, dans la friche voisine et sur les bords de la rivière. Dubreuil avait été chargé «pour se dégourdir les jambes après sa nuit de camping» d'aller jusqu'à Castelvieil pour vérifier l'alibi de Jules.

Combes avait rendu leur liberté aux Martiel, en leur précisant qu'il leur demandait fermement de ne pas gêner les fouilles des gendarmes.

Attila, gavé par sa mère, toujours vêtu de son informe combinaison, n'avait pas semblé reconnaître son ami Zef. Visiblement, ce n'était pas le jour à l'interroger. Lourd et amorphe au pied du perron, il grattait mécaniquement le dos du corniaud qui se laissait tripoter sans grogner.

Fernand était parti le premier, une barre à mine et une houe sur l'épaule, une bouteille de vin à demi enfoncée dans la poche de sa veste de toile. Il paraissait moins hargneux que la nuit dernière, mais n'avait pas daigné répondre au bonjour de l'adjudant.

Celui-ci était revenu dans la salle commune, persuadé que Noémi aurait quelque chose à lui apprendre.

Il l'entreprit sur le personnage de Lacantour, et fit mine d'avouer qu'il commençait à croire à une disparition volontaire.

— Ce n'est pas la première fois qu'il fuit les difficultés et les responsabilités, rappela-t-il. Vous savez mieux que personne qu'il n'a rien fait quand vous avez été enceinte de Jules.

— Ne parlez donc pas de ce que vous ne savez pas, explosa Noémi. François était le garçon le plus solide et le plus aimant, quand nous étions jeunes. C'est seulement votre guerre qui me l'a pris. Quand il est parti, à la fin de sa permission, en mai 1940, il ne savait même pas que j'attendais Jules.

La colère avait ramené un peu de sang à ses joues tirées, et le feu des souvenirs redonnait de l'éclat à son regard désabusé. Il fallait tout de même une forte dose d'imagination pour se représenter cette presque vieille paysanne, en robe noire et en tablier gris sale, sous les traits d'une jeune fille aux joues roses, aux cheveux noirs et lisses, échauffée par les huit jours d'amour que lui avait donnés son permissionnaire et pleurant parce qu'il repartait en ligne. Plantée en haut des marches de sa maison, elle ne paraissait pas se soucier de ce que pensaient tous ces hommes en uniformes, dans sa cour. Elle racontait seulement son effroi quand elle avait su qu'elle était grosse, la longue absence de nouvelles de François, dont elle n'avait reçu une carte qu'un an plus tard, de son stalag, quand le bébé était déjà né.

— C'est moi, vous entendez, c'est moi qui ai fui

la difficulté. Moi qui n'ai pas eu le courage de supporter la honte d'être une fille mère. Car c'était une honte pour une fille, dans nos campagnes. Personne ne la fréquentait plus, ou bien on la traitait de Marie-couche-toi-là, on la poursuivait pour le mauvais motif, on se moquait d'elle, on l'insultait. Même ses parents refusaient de lui parler. Si son père ne la battait pas, il la menaçait au moins tous les jours, et sa mère pleurait tous les soirs parce que la famille n'était plus « digne ».

L'avant-bras nu contre le chambranle de pierre de la porte, Noémi avait appuyé son front sur son poignet, comme si l'évocation de cette honte ravivait les supplices anciens. Peu à peu, sa colère avait disparu. Elle s'abandonnait à sa mémoire, que les malheurs de ses années perdues avaient voilée d'une pudeur qui n'était plus de mise aujourd'hui, après les chocs successifs de la mort de Marie-Jeanne, de la disparition de François, et du départ imminent de son aîné pour une nouvelle guerre. Elle parlait à voix presque basse. L'adjudant, le plus près d'elle, au bas des marches, était sans doute le seul à comprendre ce qu'elle disait, et à l'écouter réellement. Les autres étaient loin, ou ne prêtaient guère attention aux sornettes que débitait cette paysanne, qu'ils n'étaient pas loin de croire aussi dérangée que son second fils.

— Moi, disait-elle, je n'ai pas pu supporter cette honte. J'ai demandé à mon père de me marier à un brave homme qui m'accepterait avec mon bâtard. Et ça s'est trouvé que Fernand Martiel a voulu de moi. Alors je suis venue m'installer chez lui à Ravejouls. C'est ici que sont nés mes deux fils. Sûrement je n'aurais dit à personne ce qui s'était passé autrefois, si Fernand n'avait pas été aussi méchant avec Jules. Impatient, même un peu brutal il était, pendant que le garçon était petit. Je mettais ça sur le compte du chagrin de ne pas être le père, et je croyais que ça passerait. Mais quand mon Gaston est né malade, le Fernand n'a plus vu que son fils, le vrai. Qu'il ne soit pas normal l'a rendu encore plus furieux contre l'autre. Alors, pour que la vie de mon aîné ne soit pas un enfer, j'ai fini par lui avouer que Martiel n'était pas son géniteur, et j'ai été dire à François, qui s'était installé à Villefranche, que Jules était à lui, pour qu'il le défende si ça devenait nécessaire.

— Est-ce que c'est devenu nécessaire ? demanda Combes, les yeux levés vers le visage de cette femme accablée, qui venait de résumer en quelques phrases toute une vie d'épreuves amères.

Un semblant de sourire joua, une demi-seconde à peine, sur les traits de Noémi.

— Ça ne l'est plus, dit-elle. Depuis que Jules a rendu à Fernand un coup de poing qui l'a assis par terre. Maintenant, Martiel a peur de lui, physiquement peur. Il a répété qu'il ne lui laisserait rien à sa mort, et qu'il était content qu'il aille se faire tuer en Algérie, mais il ne l'a plus touché. D'ailleurs, Jules ne va plus jamais travailler aux champs avec lui. Il passe presque toutes ses journées à Villefranche. Vous savez, j'ai voulu qu'il aille à l'école aussi longtemps que possible. J'avais des sous de ma famille pour lui payer ça, et Martiel n'a jamais eu son mot à dire sur ce sujet. Je crois que mon fils est comme son père ; il n'est pas fait pour la terre.

Son visage s'était détendu, comme si elle avait entrevu vaguement un avenir moins sombre.

Avant de rejoindre ses gendarmes, l'adjudant eut une étrange pensée. Cette campagnarde du Rouergue, écrasée par vingt ans de malheurs quotidiens, lui rappelait, par sa dureté au mal, à la fatigue et au désespoir, par sa résignation aussi qui ressemblait fort à de la dignité, ces paysannes indochinoises rencontrées au cours de ses séjours outre-mer; elles aussi s'entêtaient à survivre pour maintenir l'existence de leur famille éclatée, malgré les deuils, la pauvreté, les exécutions politiques, les transhumances, les disparitions et les villages incendiés. Il hocha la tête. Il n'était pas là pour philosopher sur la solidité morale des femmes malheureuses à travers le monde.

Il chercha quelque consolation à offrir à Noémi Martiel; il voulait lui montrer qu'il avait conscience de ce qu'elle avait subi. Mais il repartit sans dire un mot. Il n'avait pas trouvé une seule raison d'espérer pour ceux de Ravejouls.

15

Noémi ne s'était jamais ainsi débondée, même quand elle avait avoué à Lacantour l'existence de Jules. Mais elle ne tira de sa prestation devant les gendarmes ni satisfaction ni repos de l'âme. Et elle s'aperçut que sa solitude pesait plus encore.

Elle s'était fait pendant des années quelques illusions sur le soutien que son fils aîné pourrait lui apporter plus tard. Son idylle avec Marie-Jeanne, dont il ne lui avait pas confié les prémices, avait commencé à lui ouvrir les yeux. Son comportement depuis son deuil achevait de la renseigner sur les sentiments profonds de Jules. Peut-être n'était-elle pas elle-même une expansive, ni une mère consolatrice. Elle n'avait tenté aucun geste de compassion envers son garçon. Elle eût apprécié qu'il manifestât, si peu que ce fût, le besoin de confier son chagrin. Mais elle ne le voyait qu'au matin, avant qu'il n'enjambe son vélomoteur pour aller à Villefranche, et le soir quand il en revenait, à l'heure de la soupe et quelquefois plus tard encore. Ils n'échangeaient pas trois phrases. Elle avait accepté ces silences sans trop en souffrir. Mais où diable Jules passait-il ses journées ?

Peut-être eût-elle été profondément blessée si elle avait appris que son fils partageait son temps entre Antoinette Sire, dont l'amitié et la compréhension berçaient sa peine, et le Studio d'Art de la place Notre-Dame, où Mariette, sans l'avouer, peu à peu, apprenait à apprécier la discrétion, le travail, et tout simplement la présence de ce portrait du François jeune qu'elle avait tant aimé. Comment Noémi aurait-elle pu comprendre que Jules, avant de partir à l'armée, trouvait apaisant ce rétrécissement de son horizon, des rues étroites de la ville au « labo » derrière le rideau de perles de bois ? Ce décor n'était pour lui lié à aucun souvenir de Marie-Jeanne ; il y trouvait une rémission de son mal.

Il ne pouvait savoir que ses départs répétés du matin aggravaient le climat à Ravejouls. Fernand avait pris l'habitude de s'absenter de la maison avant que ce bâtard honni n'en sorte. Il ne réapparaissait que lorsqu'il avait entendu décroître le bruit du moteur de la pétrolette en direction de Castelvieil. Quand il ne crachait pas une insulte sur ce « pute borgne de feignasse », il se contentait de bousculer Noémi, en demandant pourquoi son fils Attila n'était pas encore nourri et prêt à l'accompagner aux champs. C'était une grande nouveauté : depuis qu'il avait vu les joues déchirées de Tila rentrant de sa fugue, la nuit de la mort de Maja, le vieil homme tentait d'accaparer son fils.

— J'ai passé mes soixante ans, il faut bien que je prépare un peu l'avenir de notre terre. Ce jeunot a encore pas mal de choses à apprendre avant de me succéder ! disait-il avec mauvaise foi.

Il aurait été honnête de préciser que Gaston n'apprendrait jamais rien. Depuis la mort de celle qui avait éclairé ses rêves informes, son comportement était devenu totalement chaotique. Aux yeux de sa mère du moins. Il acceptait facilement la compagnie de son demi-frère, auprès duquel il mendiait quelquefois, sans beaucoup de succès, quelques minutes de transport sur le porte-bagages du vélomoteur.

Avec sa mère, il se montrait le plus souvent buté et silencieux. Comme si son âge mental avait encore régressé, il restait des heures dans la cour de la ferme, assis dans la poussière, à manipuler d'un air concentré quelques cailloux ou quelques bouts de bois, qu'il entassait avec la patience d'un enfant de cinq ans.

Le matin au réveil, quand elle l'habillait, Noémi ne retrouvait pas chez lui cet abandon de bébé qui avait été jusque-là une consolation ; le regard fixe et absent, il était maintenant insensible aux caresses maternelles, lent et lourd comme si elle eût vêtu un sac. Souvent, elle se demandait ce qu'elle allait devoir faire pour son malheureux enfant. Les recommandations du docteur Flavien, qui avait conseillé de confier Gaston à une institution spécialisée, trottaient dans sa tête. Le gendarme qui était si souvent venu à Ravejouls l'avait encouragée à le faire.

— Pour le bien du garçon, avait-il dit, et pour le vôtre aussi. Vous pourrez aller le voir souvent.

Elle avait confiance en cet homme. Il avait du cœur. Et il n'avait pas considéré Gaston comme un coupable, lors de l'assassinat de Marie-Jeanne. Mais Noémi n'osait pas affronter Fernand sur ce sujet brûlant. Jamais, elle en était sûre, il n'accepterait de se séparer d'Attila. Au cours des dernières semaines, lui aussi s'était ensauvagé. Quand il prétendait aller aux champs avec son fils, il partait vers les collines en le remorquant d'un bras solide, comme s'il avait tiré la laisse d'un chien rétif. Elle était certaine qu'ils ne se parlaient pas de tout le temps qu'ils restaient ensemble. D'ailleurs, père et fils semblaient aussi muets l'un que l'autre. Sauf les jours où Fernand rentrait seul, rageant que « *macarel*, le drôle lui avait encore échappé ».

— Ce fils de pute, expliquait-il avec presque de l'admiration dans la voix, il est fin comme un oiseau ou un renard. Tu le lâches de l'œil une seconde, et hop ! il est plus là !

— Tu vas pas le battre, au moins ? s'inquiétait Noémi, partagée entre la peur de la punition et la satisfaction de savoir Gaston capable de se soustraire à la tyrannie du père.

En haussant les épaules Fernand ne répondait qu'en grommelant, furieux d'être mis au rang de ces parents indignes qui frappent leur progéniture. Le lendemain, il repartait en halant avec la même rudesse son héritier qui devait apprendre « quelque chose sur la culture ».

Cette caricature de vie familiale, père obsédé d'autorité, fils fugueur et mère éteinte, achevait de détruire le moral de Noémi. Encore ne savait-elle pas vers quel refuge courait Attila dès qu'il arrivait à fausser compagnie à son garde-chiourme. Peut-être s'en fût-elle attristée, comme d'une infidélité ou d'un manque de confiance en elle. Et elle se serait à coup sûr inquiétée de la colère de son mari apprenant que Gaston, grâce à sa « finesse de renard », réussissait à passer la majorité de son temps à Castelvieil, auprès de ses amis Polack, Paderewsky et Rose.

Les Martiel en étaient arrivés à vivre comme des sangliers solitaires, contraints par des rabatteurs à occuper la même bauge. Les contacts physiques les hérissaient, les rares mots échangés étaient crachés avec hargne, et ils veillaient jalousement sur leurs pensées et leurs projets, de peur que les autres ne les leur volent. Jules s'impatientait en attendant son départ pour Castres ; Gaston n'avait en tête que son nouveau paradis, meublé de câlins avec le verrat et de sifflets de sureau que lui taillait le Polack ; Fernand passait ses journées à recreuser un vieux puits éboulé, loin vers la route de Montbazens. Noémi restait seule à la ferme. Le travail ne lui manquait pas, des soins à donner au bétail à la nourriture de la volaille, et d'une approximative lessive bimensuelle à la cuisine, qu'elle touillait sans plaisir sous la crémaillère de sa vieille cheminée.

Elle trouvait quand même le temps de réfléchir.

Après la découverte du corps de Marie-Jeanne, elle avait montré peu de curiosité. Bien sûr, elle avait cherché comment elle pourrait atténuer le chagrin de Jules, mais son tempérament ne la poussait pas à de grands épanchements sentimentaux. Son propre cœur s'était asséché au cours des années. Elle croyait tout normalement que chacun devait trouver en soi de quoi supporter le mauvais sort. Elle s'était posé à peine plus de questions sur la personnalité du coupable. Jamais elle ne l'aurait avoué à Rose, qui était quand même une voisine, à défaut d'une amie, mais elle avait trouvé une explication simple à ce qui était arrivé à la jeune fille. À son avis, c'était une « coureuse », qui avait pris de mauvaises habitudes à Rodez, et qui voulait profiter de sa liberté à Castelvieil pour séduire ce qu'elle pourrait trouver à portée de la main. Ne s'était-elle pas jetée au cou de Jules ? Il l'avait avoué lui-même, en disant que c'était elle qui avait voulu coucher avec lui ! N'essayait-elle pas en même temps d'aguicher ce pauvre innocent de Gaston, qui lui avait dit en grand secret qu'il avait vu se baigner Maja toute nue ? Troubler de la sorte le cerveau de son fils malade paraissait à Noémi le comble de la dépravation. Pourquoi, avait-elle pensé, cette gourgandine n'aurait-elle pas aussi fréquenté un troisième galant ? L'arrestation du pauvre Espérandieu, cavaleur de mauvaise réputation, l'avait confortée dans cette opinion. Bien sûr, on disait qu'il niait encore le viol et l'assassinat ; mais Noémi croyait dur comme fer qu'il finirait par tout avouer, au moment du procès.

Il ne lui était pas venu à l'esprit, du moins jusqu'à la veille, que son explication pût être dictée par la jalousie, parce que les Falgoux avaient eu de la chance avec leurs enfants, ou parce que Marie-Jeanne détournait ses fils de leur mère. Mais à présent, elle se défendait à peine d'une autre idée, franchement insupportable celle-là ; peut-être, comme le gendarme l'avait suggéré, la disparition de François était-elle volontaire. S'il avait été le troisième soupirant de la fille, lui et non pas Espérandieu ? L'aurait-il tuée dans un accès de folie ? N'était-il pas normal qu'il quitte le pays ?

La malheureuse trouvait des arguments invérifiables, qu'elle ruminait dans sa solitude. Avec amertume, se rappelant certaine folle semaine de 1940, elle se représentait François en jeune mâle conquérant, qui n'hésitait pas à culbuter une fille au revers d'un talus. Pourquoi aurait-il changé ? N'était-il pas logique, se disait-elle dans ses divagations, inspirées par une manie de la persécution, que la séductrice ait choisi de s'intéresser aux trois hommes qui comptaient pour Noémi Martiel ? Jules, Gaston, François ! Pourquoi cette fille lui en avait-elle tant voulu ? Heure après heure, elle cherchait dans sa mémoire ce qu'elle avait dit ou fait pour mériter une telle rancune. Il y avait peu de chance que quelqu'un pût jamais démolir son hypothèse, puisqu'elle ne se confiait à personne.

Il était dur d'admettre que François fût devenu un meurtrier, mais elle se convainquait que son geste avait été dicté par la nécessité de se libérer et de libérer son fils. Elle n'osait pas tout à fait l'approuver, mais elle le remerciait quand même dans le secret de son cœur. C'était vrai qu'elle avait depuis longtemps cessé de l'aimer, ce fuyard perpétuel. Pourtant, cette fois, elle ressentait pour lui un petit réveil de tendresse, qui mettait un peu de lumière dans ses jours sombres.

16

— Où est ce drôle, *macarel*? réclama Fernand Martiel d'un air excédé.

Il avalait avec bruit son écuelle de soupe matinale, fortement rougie par un grand coup de vin. Son feutre gras au ras de ses sourcils en broussaille, il inspectait la salle sombre d'un œil furieux, comme si son fils avait cherché à se cacher sous la hotte de la cheminée ou derrière la maie où Noémi entreposait ses salaisons. Il était sept heures passées. Par la porte ouverte sur la cour, la lumière crue de ce beau jour de mi-juin dessinait un grand losange clair sur le carrelage écaillé.

Noémi soupira. C'était encore une dispute qui commençait, comme chaque fois que Gaston se soustrayait en fuyant aux exigences de son père. Elle n'avait jamais osé demander comment se déroulaient les matinées de son mari et de leur fils, quand ils partaient ensemble. Elle n'allait pas supposer que l'un tenait l'autre en laisse comme un animal, mais c'était bien ce que laissait croire l'air de chien battu de son garçon, quand il s'était laissé piéger par Fernand.

— Il est allé accompagner son frère jusqu'au pont, dit-elle enfin. Tu sais bien que c'est aujourd'hui mardi que Jules part à son régiment. C'est normal que Gaston ait voulu rester un peu avec lui.

— Ce fils de pute, grommela le vieux, avec une étincelle dans l'œil qui trahissait sa satisfaction, il est pas près de revenir chez moi. Ce bâtard aurait tout de même pu me dire adieu, au lieu de foutre le camp comme un sauvage. Après tout, c'est moi qui l'ai nourri, et c'est pas le travail qu'il a fait à Ravejouls qui a remboursé grand-chose de ce qu'il me doit !

D'être débarrassé de la présence de ce rejeton, qui lui avait pendant vingt ans rappelé jour après jour que Noémi ne l'avait épousé que pour éviter la honte d'être fille mère, le rendait presque guilleret. Sa femme eut le tort de marquer son soulagement.

— Maintenant, hasarda-t-elle, tu auras Gaston tout à toi.

Fernand la regarda comme si elle se moquait de lui. Elle ne pouvait pas ignorer que, depuis des semaines, son Attila cherchait toutes les occasions d'éviter son père, et que ce n'était pas Jules qui les lui offrait.

— C'est point ton bâtard qui empêchait mon fils d'être avec moi, grogna-t-il. Y en a d'autres qui s'amusent à ce petit jeu. Mais ça ne durera pas, fais-moi confiance !

Il jeta son écuelle vide sur la table grasse, saisit d'une paume assurée le litre de vin rouge entamé et porta le goulot à ses lèvres. Menton levé, il but quelques longues gorgées avant de reposer brutalement la bouteille et de s'essuyer les moustaches d'un revers de main. Noémi affectait l'indifférence en remuant sa vaisselle sale sur l'évier de pierre ; tout à sa mauvaise humeur, il ne put résister à son envie de la tourmenter.

— Au moins, dit-il, maintenant que tu seras plus encombrée par ton préféré, tu trouveras le temps de t'occuper un peu plus de notre Attila.

La femme resta immobile, penchée sur ses marmites, frappée par ce reproche injuste. Elle n'était pas une mauvaise mère, même si elle avait péché pendant de si longues années par ignorance. Sûrement, si elle avait osé demander de l'aide à l'extérieur, à ses voisins, à un docteur, à François, même, elle eût pu apprendre comment se comporter avec son fils malade. Pour lui rendre la vie plus supportable, pour lui donner des moyens de communiquer, pour lui faire comprendre qu'elle l'aimait. Depuis trop longtemps elle s'était résignée à son sort, pire encore, au sort de Gaston. Cette dernière méchanceté de son mari, dont l'affection jalouse pour son taré était la vraie cause de leur isolement, achevait de la mettre hors d'elle. Elle se dit soudainement qu'elle allait trouver le courage d'affronter Fernand, et de suivre les conseils du gendarme et du docteur Flavien. Elle releva la tête et croisa le regard haineux de son vieux compagnon.

— Peut-être, dit-elle lentement, que Gaston serait mieux soigné si on le plaçait dans une maison faite pour des enfants comme lui.

Elle s'attendait au pire, même à des coups.

Inconsciemment sa main avait saisi le manche d'une poêle de fonte, pour se défendre. La réaction de Fernand la surprit.

— Pute borgne, ricana-t-il sans joie, je crois bien que j'aurais plaisir à foutre un coup de fusil à celui ou celle qui essaierait de me prendre le seul fils que tu as été capable de me donner ! Ce gamin, tu vois, il a beau être tordu et mal dans sa tête, arriéré comme vous dites tous, il est à moi, milledieux.

Il se jeta dans la lumière du matin, comme s'il avait voulu dissimuler le rictus de chagrin qui lui nouait les mâchoires. Il fit quelques pas sur sa lancée, puis rebroussa chemin et rentra dans la maison en bousculant Noémi. Sans mot dire, il décrocha son fusil, le jeta sur son épaule et ressortit. Tout frétillant, le corniaud, qui croyait être convié à une partie de chasse, couina sous le coup de semelle qui le renvoya à sa niche.

La camionnette des gendarmes arrivait tout juste dans la cour, amenant sa cargaison quotidienne de « fouilleurs de buissons » comme les appelait le grand König.

À présent, lourdement débarqué par le hayon arrière, König était tout prêt à se lancer à la poursuite du père Martiel, qui venait de disparaître au coin de sa grange.

— Arrêtez-vous, ordonna le chef Vialatte, sorti pesamment de la cabine de la camionnette. Vous n'êtes pas là pour empêcher les habitants de vaquer à leurs occupations ; tous les bâtiments ont été fouillés hier. Direction la rivière. Et le sentier qui va à Castelvieil. Exécution.

Tout en se promettant de signaler à l'adjudant tout à l'heure cette nouvelle indiscipline de König, Vialatte ne remarqua qu'à peine Noémi Martiel qui quittait à son tour la maison, laissant la porte grande ouverte.

Dès qu'ils furent sur le sentier, dont ils avaient l'impression de connaître chaque brin d'herbe tant ils l'avaient souvent emprunté depuis le mois d'avril, les gendarmes virent arriver leur chef, qui était venu à pied de Castelvieil, après avoir laissé la R 4 au pont du kilomètre 4.

— Rien à signaler? demanda Combes pour la forme.

— Le père et la mère viennent de sortir de chez eux, rendit compte le chef. Pas vu les deux garçons.

— Nous les avons rencontrés à deux cents mètres d'ici, dit l'adjudant. L'aîné part au service, et Gaston l'accompagne jusque chez les Falgoux.

Il ne jugea pas utile de raconter à ses subordonnés que Jules lui avait paru très ému par son départ, par la subite disparition de son père et par l'idée de quitter son frère.

— Vraiment, avait-il confié avec abandon, je n'ai pas beaucoup de bons souvenirs de cette vallée, à part mes rendez-vous avec Marie-Jeanne. Mais à l'idée de laisser ma mère dans ce trou, seule face à face avec Fernand, je regrette presque de devoir m'en aller. Surtout sans savoir ce qu'a bien pu devenir mon père. Je n'arrive pas à comprendre ce qui s'est passé.

— Ne vous attendez pas trop à le revoir un jour, avait dit Combes, choisissant la franchise. Vous allez être soldat, vous êtes un homme maintenant. Je crains fort que François Lacantour ne soit mort.

— Mais qui l'aurait tué ? Et pourquoi ?

— Il peut simplement avoir eu un accident, avait essayé de temporiser l'adjudant, qui avait terminé l'entretien en promettant au futur parachutiste de le faire prévenir par son colonel s'il avait du nouveau dans ses enquêtes.

Il avait aussi promis de veiller, dans la limite du possible, à la sécurité de Noémi et à l'amélioration du sort de Gaston.

— Écoute, dit le Polack à Jules, tu es bien brave être venu dire adieu. Je suis sûr tu seras bon soldat. Je souhaite pour toi meilleure chance.

Anton, Rose et Alexandre étaient alignés au bas des marches du perron de Castelvieil comme les membres de la famille à un enterrement. C'en était un, en quelque sorte ; celui de vingt ans de voisinage, qui avaient culminé avec le fol espoir d'un mariage et qui se terminaient sur cette visite un peu gourmée.

Morne et tassé sur ses jambes torses, Gaston restait à l'écart du groupe formé par Jules et les Falgoux. Tout à l'heure, en accompagnant son frère depuis Ravejouls, il avait à peu près compris que ce n'était pas un jour comme les autres. En marchant le long du sentier au bord de l'Alzou, dont chaque caillou et chaque brin d'herbe évoquaient pour eux deux des souvenirs en foule, Jules n'avait pas voulu transporter Tila en vélomoteur. Poussant le guidon de son engin, sa petite valise de carton bouilli fixée par deux élastiques sur le porte-bagages, il avait débité à son frère qui trottait à côté de lui de longues phrases obscures. Gaston avait happé quelques mots au hasard, qu'il répétait en salivant pendant quelques mètres, comme quelqu'un qui aurait voulu paraître attentif.

— Parti longtemps... Parti longtemps, ânonnait-il avec application.

Peut-être, plus tard, souffrirait-il, pendant quelques jours ou quelques semaines, de l'absence définitive de Jules, avant de s'y habituer. Pour l'heure, le concept de départ et de séparation lui était étranger. Il se contentait d'accompagner sa litanie du sourire béat qui marquait habituellement son bonheur d'être traité en interlocuteur normal. Il avait continué à sourire quand il avait entendu les mots « sage » et « maman », qu'il avait presque aussitôt incorporés à son refrain.

— Parti... sage... maman .. longtemps.

Bien sûr, Jules n'avait pas espéré que son frère assimilât le sens de toutes ses recommandations. Mais il parut content d'entendre, tout au long du chemin, la voix grinçante de Tila répétant encore et encore sa nouvelle chanson.

— Sage... longtemps... Maman... parti !

Et puis, en passant à hauteur du gué qui menait à La Basse, l'adolescent s'était tu, subitement renfrogné. Comme s'il était déçu que Jules ne passât pas la rivière et continuât à suivre le sentier. Ou comme si le souvenir de Marie-Jeanne était venu assombrir ses bonnes dispositions. Il avait continué à suivre son aîné, en dodelinant de la tête, et en jetant ses pieds dans la poussière avec une raideur d'automate. En débouchant dans la grande cour claire de Castelvieil, contrairement à son habitude, il ne galopa ni vers la soue du verrat, ni vers Polack qui était devenu son ami inséparable. Polack n'avait pas son pareil pour fabriquer des mirlitons et pour donner des leçons de pêche à la main. Ce matin, au lieu de crier en l'apercevant comme à chacune de leurs rencontres son « Oh, Attila ! comment va ? », Anton n'avait même pas paru le voir et avait réservé toute son attention à Jules. Attila se fâchait du manquement de son ami au rite.

Jules défilait devant les autres membres de la famille, embrassé par la Rose qui y allait de sa petite larme. Elle ne pouvait s'empêcher de penser à Marie-Jeanne. Il lui semblait que le départ de ce garçon, qu'elle avait appris à apprécier surtout au cours des dernières semaines, allait encore éloigner d'elle le fantôme de sa fille. Chaque nuit, quand elle évoquait sa douce Maja en rêve, elle imaginait la vie qu'elle eût dû mener auprès de Jules, et leurs enfants blonds courant dans la cour du mas. C'était pour elle une souffrance physique de savoir qu'elle n'aurait plus jamais de bébés à élever, à mignarder et à gâter. Alexandre ne parlait jamais de projets de mariage, comme si la mort brutale de sa sœur l'avait une fois pour toutes chassé du paradis de Castelvieil. Dire que lui aussi allait partir au service avant la fin de l'année !

Cette pensée soudaine la jeta toute sanglotante contre l'épaule d'Anton.

— Voyons, dit celui-ci en la serrant d'un bras ferme, c'est pas la peine pleurer comme ça. Jules et Alex sont des hommes maintenant. Il faut bien qu'ils fassent le chemin. Ils ne t'oublieront pas.

— Non, affirma Jules, que l'émotion de ce départ prenait à la gorge, je ne vous oublierai jamais. Vous savez bien que mon cœur reste dans cette vallée. Je vous écrirai souvent. Et si vous pouvez un peu prendre soin de ma mère, je serai rassuré. Elle ne va pas avoir la vie facile, avec Gaston et son sauvage de Fernand !

Sans doute était-ce ce qu'il fallait demander à Rose pour atténuer sa crise de chagrin ; elle renifla, avec un début de sourire, et acquiesça d'un hochement de tête.

Alexandre, jusque-là muet, trouvait que cet attendrissement général n'était pas digne de leurs vingt ans et de leur futur statut de soldat.

— Bon sang, essaya-t-il de plaisanter, Jules ne part pas au bout du monde. Il ne va qu'à Castres. Si ça se trouve il sera de retour dans un mois, quand il se sera tordu le pied en sautant en parachute !

Rose tapota sa jupe d'un air gêné, Jules tourna les yeux vers son camarade d'enfance avec soulagement.

— Accompagne-moi jusqu'à Villefranche, dit-il. Comme ça, tu pourras revenir avec le vélomoteur. Je te le laisse. Toi et Anton pourrez vous en servir pour aller en ville. C'est tout de même plus pratique que le camion du laitier !

Il buta sur l'image de la citerne blanche de la Coopérative, qui venait de lui traverser l'esprit, et les trois autres se figèrent à leur tour. Ils ne parlaient jamais entre eux d'Espérandieu Caspegoux qui leur avait volé leur soleil, et qui attendait dans sa prison de Rodez une punition qui ne serait sûrement pas celle qu'ils lui auraient infligée. On leur avait dit qu'il faudrait attendre au moins dix-huit mois avant que l'affaire ne passe aux assises de Rodez. Peut-être le double. Cette lenteur les avait d'abord ulcérés ; ils voulaient de toutes leurs forces une vengeance immédiate. Maintenant, ils étaient résignés. Ils n'étaient pas moins déterminés, mais ils avaient appris la patience. La vie de tous les jours leur apportait un début d'apaisement.

Anton fut le premier à émerger de ce silence. Il venait de remarquer la silhouette trapue bloquée de l'autre côté de la cour, et s'en voulait d'avoir oublié de sacrifier à l'usage. D'instinct, il savait que ceux qu'on disait simples d'esprit étaient au contraire compliqués dans leurs rapports avec les autres. Faute des passerelles de contact auxquelles on les habituait, ils se repliaient sur eux-mêmes et perdaient confiance. Il leva le bras et appela :

— Oh, Attila ! Comment va ?

Là-bas, à vingt mètres de lui, l'adolescent ne faisait pas mine de répondre ; il revint à la charge :

— Viens donc, Tila ! Aujourd'hui nous irons la pêche tous les deux !

Gaston ne résista pas davantage. Son perpétuel sourire revenu, il balança la tête pour prendre son élan et lança ses jambes en avant.

À le voir se déhancher tout seul au milieu de sa cour, Rose se sentit tout attendrie. Elle aussi y alla de son encouragement :

— Dépêche-toi, Tila, je te donnerai une tartine avant que tu ailles à la pêche !

Cette fois, le garçon était en plein ravissement. Il pressa le pas et poussa quelques cris d'approbation qui ressemblaient à des hennissements. Difforme, maladroit et si désespérément anormal, il faisait preuve pourtant d'une joie de vivre si manifeste que Rose et Anton, qui le regardaient s'avancer, avaient le sourire aux lèvres. Anton tendit la main quand il fut à quelques mètres.

— Arrête-toi là, milledieux !

Gaston se figea et Anton resta la main tendue.

Fernand Martiel avait soigné son entrée en scène. Brandissant son fusil, avec une détermination qui pouvait tout faire craindre, il plaquait la crosse de l'arme contre sa hanche, et braquait les deux canons sur les épaules d'Attila et surtout, au-delà, sur Jules et les trois Falgoux.

À Ravejouls, pendant ce temps, laissant la troupe aux ordres de Vialatte, Combes et Dubreuil, profitant de la porte grande ouverte, étaient entrés dans la grande salle, qui ne paraissait guère plus accueillante à la lumière du jour.

Le gendarme était pensif.

— Avez-vous remarqué, demanda-t-il à l'adjudant, que lorsque vous avez parlé de la mort probable de son père, Jules a tout de suite envisagé qu'il avait été tué ? Et quand vous avez mentionné le mot « accident », il n'a pas paru soulagé ni convaincu.

— J'imagine qu'il est prêt à soupçonner n'importe qui. Sa mère semble un peu atteinte de la manie de la persécution, mais lui pourrait à juste titre se sentir particulièrement visé. Sa fiancée d'abord, son père maintenant, il a de quoi se méfier.

— Qui peut lui en vouloir à ce point ? questionna Dubreuil tout en faisant le tour de la pièce en reniflant.

Le ton était celui d'un maître d'école qui attend la bonne réponse de ses élèves. Combes ne voulait pas jouer. Il n'avait pas plus de doutes que son subordonné, mais il manquait tout simplement de preuves. Et même de cadavre. Sans cadavre, il le savait, le juge d'instruction refuserait toute nouvelle inculpation.

— Oui, admit-il avec agacement, nous pensons tous deux au même suspect. Au lieu de jouer au chien de chasse dans ce gourbi, trouvez-moi donc une trace du passage de Lacantour dans un rayon de cent mètres, et je boucle notre homme !

— Je ne joue pas au bull-terrier, mon adjudant. Je trouve simplement que l'odeur de cette baraque est pire encore qu'avant-hier soir. Et ça ne vient ni de ce lit crasseux, ni de cette cheminée pleine de taches de graisse, ni de l'évier couvert de vaisselle mal lavée.

Les deux hommes se regardèrent soudain, aveuglés par la même illumination.

— Vous aviez remarqué que la construction était surélevée, sourit Combes avec gratitude.

— Vous m'avez expliqué que c'était à cause du vide sanitaire, s'extasia Dubreuil.

Le reste ne demanda pas plus de dix minutes, le temps de découvrir, sous la table réservée au casse-croûte vite déplacée, une trappe d'un mètre de côté, jusque-là invisible sous sa couche de poussière. Le panneau se souleva facilement, comme habitué à fonctionner. La puanteur jaillie par l'ouverture fit un instant reculer les deux hommes.

— Je crois que nous avons trouvé mieux qu'une trace, souffla le gendarme, en fronçant les sourcils et en se pinçant les narines.

Sur la terre battue de ce sous-sol sombre, éclairés par le soleil dont un rayon donnait juste sur la trappe béante, luisaient les chromes d'une bicyclette, manifestement jetée là sans précautions. Jeté sans précautions aussi le corps qui s'étalait, à plat ventre à côté de l'engin. Ils n'eurent pas besoin de retourner le cadavre et de regarder son visage pour savoir qu'il s'agissait de Lacantour. La veste de tweed orange qu'ils lui connaissaient depuis toujours valait tous les signalements.

Dubreuil sortit en catastrophe pour appeler à l'aide, et revint en trois minutes avec König et Vialatte. Descendu dans la fausse cave, l'Alsacien hissa d'un seul effort le photographe sur le plancher. Lacantour avait à peine eu le temps de souffrir du maître coup de fourche reçu en pleine poitrine. Ses doigts crispés sur les revers de la veste disaient seuls que la mort l'avait pris très vite, figeant sur ses traits un étonnement définitif.

— Le père Martiel, souffla Combes.

— Je l'ai vu sortir avec un fusil, dit König, encore à demi dans le trou.

— Seigneur ! Que va faire encore ce fou ? éclata l'adjudant.

Suivi de Dubreuil, qui avait compris au même instant, il courait déjà dans la cour.

— Vite ! souffla-t-il, à Castelvieil ! Il va tuer Jules.

17

Dans la cour des Falgoux, les personnages étaient en place pour un affrontement décisif.

La tête en avant comme un taureau prêt à charger, les jambes écartées pour donner de l'assise à son tir, Fernand goûtait la joie de sa vie ; il se sentait le roi de la vallée, le maître de l'existence de ses ennemis rassemblés. Il n'était pas certain de vouloir les tuer tous, mais il allait certainement leur donner une leçon d'humilité, leur apprendre l'obéissance. Nom de diou, il leur retirerait ce goût de se mêler des affaires des Martiel, et en premier lieu de chercher à séduire son couillon de fils. S'ils n'avaient pas encore compris qu'Attila était « sa » chose, il leur jetterait la vérité à la figure.

— Attila, grailla-t-il, bouge pas, mon drôle. *As pas pur.* Te toucheront plus !

Il n'était qu'à trois ou quatre pas derrière son fils, à dix mètres à peine du groupe, à côté du bûcher derrière lequel il avait surgi pour ménager la surprise. Jules et Alexandre échangèrent un regard qui l'irrita. Ces petits crétins louchaient de toute évidence sur la hache appuyée à la chèvre où la Rose coupait ses bûchettes pour la cuisine. Il ricana. Risquaient pas d'arriver jusque-là, ces drôles.

— Fernand, dit le Polack d'une voix aussi calme que s'il avait parlé culture avec son voisin, je vois pas pourquoi tu viens nous voir avec un fusil ! On est content te voir ici et on aime bien ton Attila. C'est un bon garçon !

— C'est vrai qu'on l'aime bien, crut bon d'ajouter Rose, plus fâchée qu'inquiète. Continue, Gaston, viens ici.

Celle-là, elle aurait mieux fait de se taire. Cette voix de femme achevait de faire bouillir la rage du vieil homme. Il leva son arme presque à l'épaule, comme s'il allait mettre le groupe en joue.

— *Macarel*, gronda-t-il, je te conseille pas d'essayer de tripoter mon Tila comme faisait ta garce de fille.

Les quatre devant lui n'avaient pas l'air de comprendre tout à fait. Ils s'étaient seulement immobilisés, les traits tendus, le regard incrédule. Il mit les choses au point, et le souvenir agréable ajouta une note de dérision à ce qu'il racontait :

— Tu peux être sûre que je te punirai comme je l'ai punie, ta Marie-Jeanne. Même si j'y prends pas autant de plaisir. Faut dire qu'elle était chaude, et qu'elle savait pas ce que c'était qu'un vrai homme. Dommage pour elle qu'elle ait pas eu le temps de goûter la chose !

Ses quatre ennemis étaient sur le point de lui sauter à la gorge. Ils avaient enfin compris. Rose poussa un cri de fureur et de détresse mêlées. Les yeux vifs au ras du chapeau, Fernand les couvait comme s'il n'attendait qu'un assaut pour avoir une bonne raison de tirer.

— Les gendarmes t'attraperont, mon salaud, cracha Anton, les poings serrés à blanc sur les épaules de Rose, pour l'empêcher de se jeter sur l'assassin de leur Maja.

Jules et Alexandre firent deux pas au-devant du fusil.

— Toi, le bâtard, ricana Fernand, tu seras le premier à y passer. Y a vingt ans que je peux pas te supporter !

Il avait l'air si exalté, si près de régler enfin les vieux comptes d'aigreur et de jalousies qu'ils se raidirent dans l'attente du premier coup de feu.

— Tu n'auras pas le temps de nous tuer tous, dit Jules. Avant que tu aies rechargé ta pétoire, ceux qui resteront t'attraperont, ordure.

— Pourquoi avez-vous fait ça, mon Dieu ? sanglota Rose, qu'assaillaient de nouvelles images du supplice de sa fille, plus obscènes et plus horribles encore que celles qu'elle avait eu tant de mal à chasser de son esprit.

L'arme toujours à l'épaule, Fernand s'énervait de les trouver si peu combatifs, si amorphes. Il n'était pas venu à Castelvieil avec l'intention de massacrer tout le monde, seulement pour récupérer son fils. Mais maintenant que les choses en étaient là, il s'affolait un peu. Finalement, ce serait un don de Dieu s'ils le forçaient à les abattre.

— Ta fille, dit-il, elle aguichait mon Attila juste pour jouer avec. Elle ne voulait même pas lui donner un peu de joie. Et vous autres, vous voulez me le voler aussi. Comme ce couillon de photographe...

— C'est toi qui as tué mon père? hésita Jules. Comment se fait-il qu'on ne l'ait pas retrouvé?

Fernand s'accorda une seconde de relâchement. Sans abaisser son arme, il releva la tête et sourit. Il était satisfait de leur montrer qu'il avait toujours su se débrouiller seul.

— Pute borgne, ricana-t-il, c'est pas les gendarmes qui auraient eu l'idée d'aller regarder sous la maison. Il y est depuis que je l'ai jeté dedans samedi en attendant d'aller le foutre dans mon puits, sur la route de Montbazens. Lui aussi croyait qu'il allait se gagner mon Attila en lui tapant la joue, ce salaud de photographe.

Jules n'eut pas le temps de se jeter à la tête du meurtrier. Avec un hurlement de folle, une silhouette jaillit de derrière le bûcher, dans le dos de Fernand.

Plus tard, les Falgoux furent incapables d'expliquer comment Noémi avait pu si vite et si exactement attraper la hache appuyée à la chèvre, et l'abattre sur le crâne de son mari avant qu'il se fût retourné. Ils étaient sûrs en tout cas que le diable était mort sur le coup, la nuque ouverte.

Et que c'était en définitive un réflexe *post mortem* qui avait crispé le doigt de Fernand sur la détente du fusil.

Attila n'avait sans doute rien compris à cette scène, qui s'était pour le principal déroulée derrière lui. Quand il avait entendu le cri de sa mère, qui l'avait terrifié, l'instinct l'avait poussé vers ses amis et son frère, si près en avant. Il n'était pas à cinq pas du cadavre de Fernand, qui s'affaissait lentement, quand le coup de fusil le cueillit entre les omoplates.

Il tomba comme une bûche, à plat ventre.

Jules et Anton, les premiers à se jeter à genoux à côté de lui, virent battre une fois ses paupières sur ses yeux écarquillés. Un dernier souffle fit crever une bulle de salive au coin de sa bouche béante.

À cette distance, une gerbe de chevrotines ne pardonne pas. Fernand Martiel gardait son fils, la chair de sa chair, pour l'éternité.

Sur le sentier au bord de l'Alzou, qui chantonnait sur les pierres sa même chanson de printemps, Combes, hors de souffle, arrivait tout juste à l'entrée de Castelvieil.

DANS LA MÊME COLLECTION

Jean Anglade
Un parrain de cendre
Le Jardin de Mercure
Y a pas d'bon Dieu
La Soupe à la fourchette
Un lit d'aubépine
La Bête et le Bon Dieu (essai)
La Maîtresse au piquet
Le Saintier
Sylvie Anne
Mélie de Sept-Vents
Jean-Jacques Antier
Autant en apporte la mer
La Croisade des Innocents
Marie-Paul Armand
La Poussière des corons
Le Vent de la haine
Le Pain rouge
La Courée
tome I *La Courée*
tome II *Louise*
tome III *Benoît*
La Maîtresse d'école
La Cense aux alouettes
Nouvelles du Nord
Édouard Axelrad
Au fil du fleuve
Erwan Bergot
Les Marches vers la gloire
Sud lointain
tome I *Le Courrier de Saigon*
tome II *La Rivière des parfums*
tome III *Le Maître de Bao-Tan*
Rendez-vous à Vera-Cruz
Mourir au Laos
Annie Bruel
La Colline des contrebandiers
Le Mas des oliviers
Michel Caffier
Le Hameau des mirabelliers
Jean-Pierre Chabrol
La Banquise
Alice Collignon
Les Jonchères
Didier Cornaille
Les Labours d'hiver
Les Terres abandonnées
La Croix de Fourche
Étrangers à la terre
Georges Coulonges
Les Terres gelées
La Fête des écoles
La Madelon de l'an 40
L'Enfant sous les étoiles
Les Flammes de la Liberté
Ma communale avait raison
Yves Courrière
Les Aubarède
Anne Courtillé
Les Dames de Clermont
Florine
Dieu le veult
Les Messieurs de Clermont
Alain Dubos
Les Seigneurs de la haute lande
La Palombe noire
Alain Gandy
L'Escadron
Adieu capitaine
Quand la Légion écrivait sa légende
Un sombre été à Chaluzac
Michel Hérubel
La Maison Gelder
La Falaise bleue
Denis Humbert
La Malvialle
Un si joli village
La Rouvraie
La Dent du loup
L'Arbre à poules
Michel Jeury
Au cabaret des oiseaux
Jean Mabire
Opération Minotaure
Jean Markale
Notre-Dame de la Nuit
Dominique Marny
A l'ombre des amandiers
Henry Noullet
Sur la piste de Samrang

La Falourde
La Destalounade
Michel Peyramaure
Les Tambours sauvages
Pacifique Sud
Louisiana
Claude Riffaud
Mékong Palace
La Crique de l'or
Rêve de Siam
Jean Rosset
Vir'vent
Les Derniers Porteurs de terre
Annie Sanerot-Degroote
La Kermesse du diable
Le Cœur en Flandre
L'Oubliée de Salperwick
Jean-Claude Sordelli
La Dernière Saison
Jean-Michel Thibaux
La Bastide Blanche
Le Secret de Magali
L'Appel de la garrigue
Le Roman de Cléopâtre
Violaine Vanoyeke
Les Schuller
Le Serment des 4 rivières
Brigitte Varel
Un village pourtant si tranquille
Les Yeux de Manon
Claude Veillot
et Jean-Michel Thibaux
L'enfant qui venait du froid

Cet ouvrage a été composé
*par l'***Imprimerie Bussière**
et imprimé sur presse Cameron
dans les ateliers de
Bussière Camedan Imprimeries
à Saint-Amand-Montrond (Cher)
en avril 1998

N° d'édition : 6655. N° d'impression : 753-98001974/1.
Dépôt légal : avril 1998.
Imprimé en France